평평한 네덜란드에는
네모가 굴러간다

평범하지만 다르게 살아가는 방식에 대해

평평한 네덜란드에는 네모가 굴러간다

Netherlands

평범하지만 다르게 살아가는 방식에 대해

연하어 지음

Netherlands

프롤로그

네덜란드 사람들은 어둠이 내려앉아 집 안에 환히 불을 밝혀도 보통은 커튼을 닫지 않는다. 대부분의 집들이 통창으로 되어 있어 지나가는 행인이나 이웃집 사람들이 쉽게 집 안을 볼 수 있다는 걸 알면서도 그리 신경 쓰지 않는 분위기다. 밖이 어두워졌을 때 집 안에 불이 켜지면 집 내부뿐만 아니라 그 집에서 일어나는 모든 일들을 일면식 하나 없는 타인들이 속속들이 들여다볼 수 있다. 하지만 일반적으로 네덜란드 사람들은 이에 대해 문제라고 생각하지 않으며, 자신의 삶의 모습을 보여주고 이웃의 사는 모습을 보는 것을 자연스럽게 여긴다. 오히려 조명을 비춰 창가에 놓인 자신의 그림 작품이나 벽에 걸린 장식품이 마치 미술관의 전시 작품처럼 보이게 해두기도 한다. 숨김없이 서로를 보여주며 함께 살아가는 사회를 건강하다고 생각하는 그들의 생활 모습을 이해할 수 있는 좋은 예 중 하나이다.

네덜란드는 대부분의 지역이 평평하다. 익히 알려진 대로 해수면보다 낮은 지대인 곳도 많고, 바다를 메워 땅을 만든 지역이 국토의 상당 부분을 차지하고 있다. 그렇게 평평하게 만들어진 지형은 열린 공간이 많을 수밖에 없는데, 그런 환경에 익숙한 탓인지 이 나라 사람들은 어둡고 닫힌 공간보다는 밝고 열려 있는 공간을 선호한다. 살고 있는 환경을 닮아가기라도 하는지, 자연의 열린 공간처럼 마음을 열고 살아가는 그들의 삶의 모습 또한 종종 목격하게 된다. 환하게 불 켜진 집의 커튼을 닫지 않고 자신들의 생활을 내보이는 데 거리낌이 없는 것처럼, 네덜란드 사람들은 무언가를 숨기기보다는 당당히 내보이고 열린 자세로 그것에 대해 이야기하는 것을 즐긴다. 평평한 지형을 가진 네덜란드는 동그란 바퀴를 가진 자전거를 타기에 최적의 환경이면서도, 그 바퀴가 설령 네모난 모양이어도 어디든 굴러갈 수 있을 듯한 생각이 들게 만드는 곳이다. 네모를 굴러가게 할 만큼 융통성 있고 개방적이며 단도직입적으로 감정과 의견을 교환하는 데 익숙한 나라이기 때문이다.

아무리 평평한 지형이라도 네모를 굴리기란 쉬운 일이 아니다. 동그라미를 굴린다면 어쨌든 제일 쉬운 일일 것이고, 특별히 눈에 띌 만한 일이 아닐 테니 편안한 마음을 갖고 굴려볼 수 있을 것이다. 네덜란드 사람들은 이런 면에서 네모를 굴리는 것을 특별한 일이라고 생각하지 않고 살아간다는 점이 나에게는 신선하고 흥미롭게 다가왔다. 누가 동그라미를 굴리든 별을 굴리든, 아니면 네모를 굴리든 별로 상관하지 않는다. 나는 그런 그들의 생활 모습에서 틀에 박히지 않은 채 본인이 원하는 모습으로 살 수도 있는 자유로움을 읽었고, 다양성에 대한 존중과 그로 인해 개인의 삶의 만족도가 높아질 수 있음을 배웠다.

어느 나라든 삶을 살아가는 방식은 다를 수 있지만, 그 다른 방식 속에서도 공통으로 담겨 흐르는 근본은 사람이라고 생각한다. 네덜란드의 부모들이 아이들을 훈육할 때 흔하게 사용하는 말 중 하나가 'doe maar gewoon(두 마르 허분)'이라는 말이다. '그냥 평범하게 행동하라'는 뜻을 가진 이 말은, 아이를 훈육할 때뿐만 아니라 중요한 시험이나 시합 전에 아이를 응원하는 말로 사용되기도 한다. 그들이 말하는 평범함에 정해진 기준은 없으며, 본인 스스로 평범하다고 생각되는 대로 행동하라는 의미를 지닌다. 자신이 평소 하던 대로 평범하게 행동하되, 여기서 기본적으로 요구되는 것은 다른 사람에게 폐를 끼치지 않는 선에서의 평범함이다. 누군가에게 해가 되지 않는다면 개인의 생각과 행동을 존중해 준다는 생각이 바탕이 되는 것이다.

평평한 네덜란드에서는 우리가 습관적으로 생각하는 평범하지 않다고 생각하는 일들이 일상의 모습처럼 흘러가는 경우가 있다. 평평한 들판에서 동그라미가 굴러가듯 네모가 굴러가는 그들의 삶의 모습을 곁에서 보고 겪으며, 이렇게 사는 모습도 있을 수 있음을 알게 되었고, 그런 경험들을 글을 통해 나누고 싶다는 생각을 해보았다. 조금은 다르게 살아갈 수도 있음에 대해 이야기하고 싶었고, 우리가 일반적으로 생각하는 옳고 그름의 기준을 벗어나, 이 책을 읽는 분들이 조금은 다른 시선으로 삶을 바라보고 이해해 보는 경험을 할 수 있는 계기가 되기를 바라며 글을 지어보았다. 형식에 얽매이지 않고 개인이 삶의 자유를 추구하는 것을 존중하는 사회 안에서, 개인과 사회 모두 건강해질 수 있음을 네덜란드 사람들의 삶의 방식을 보며 알게 되었다. 이 글을 읽는 분들도 편견의 틀을 깨고 조금은 열린 마음으로, 다르고 다양하게 사는 삶도 있을 수 있음을 느끼고 이해하는 기회를 이 책을 통해서 얻게 되길 바란다.

차례

제2부 할머니 집을 바꿀 수는 없으니

제3부 저녁 냄새, 겨울 냄새, 쿠키 냄새

제4부 누구에게나 평범하지 않은 날은 있다

갑자기 눈앞에 나타나

내게 꽃을 내밀고

큼지막한 지도를 펼쳐 든 채

열띤 목소리로

동네를 소개해 주는

은빛 머리색의 할머니

나의 요스튼에게

제1부

나의 요스튼에게

처음 이 평평한 나라에 왔을 때, 우리 가족은 아파트를 하나 빌려 살기 시작했다. 작은 방 창문으로 보이는 드넓게 펼쳐진 잔디밭이 큰 나무들과 어우러져 한눈에 들어오는 풍경이 맘에 들어, 그 방에 들어서자마자 그 집을 선택하기로 마음을 정했다. 집을 계약하고 나중에 안 사실이지만, 집에서 10분 정도 걸어가면 근처에 큰 호수와 숲이 있는 곳이었고, 휴일이나 저녁 식사 후 산책을 하기에 딱 알맞게 아름다운 곳이어서, 그 장소들을 알게 된 후 우린 행운이라도 얻은 듯 기뻐했던 기억이 생생하다.

대충 집 정리를 끝낸 후 일상의 흐름을 이어갈 즈음의 어느 한가한 아침 시간이었다. 딩-동- 현관 벨 소리에 문을 여니 은백색 짧은 머리의 한 할머니가 손에 큰 꽃다발을 든 채 서 있었다. 자잘한 주름이 있지만 보송한 피부는 부드러운 미소와 함께 빛을 내고 있었고, 키가 크고 말랐지만 그녀가 입을 열어 말을 하기 시작하자 강단 있으면서 부드러운 목소리가 꼭 성우의 목소리를 듣듯이 내 관심을 앗아갔다.

자신을 아랫집 이웃이라고 소개한 그녀는 내게 꽃다발을 건넨 후 자신의 손에 마저 들려 있던 종이를 펴기 시작했다. 지도였다. 이 아파트가 위치해 있는 도시의 지도. 그렇게 지도를 두 손으로 펴 든 할머니는 빨간 펜으로 크고 동그랗게 표시된 곳을 가리키며 여기가 우리 아파트라고 했다. 그러면서 그녀는 집 주변의 주요 시설들을 친절히 설명하기 시작했다. 지도에는 이미 곳곳에 빨간 펜으로 동그라미가 쳐져 있었고, 경유해야 할 경로도 선으로 그어져 있었다.

난 이미 인터넷에 익숙해진 세대이기 때문에 어느 곳을 갈 때 지도를 사용해 본 적이 없다. 그런데 갑자기 눈앞에 나타나 내게 꽃을 내밀고, 큼지막한 지도를 펼쳐 든 채 열 띤 목소리로 동네를 소개해 주는 은빛 머리색의 할머니를 보고 있자니, 왠지 마음속에 뭉클한 기운이 솟아나는 것을 느꼈다. 사실 그때까지 이 낯선 동네에서 좀 주눅이 들어 있었나 보다. 잔뜩 경계심을 갖고 움츠러들었던 마음이 할머니의 부드러운 듯 강한 목소리에 살살 녹아내리는 느낌이었다. 아이가 자고 있어 조그만 목소리로 말하는 것에 양해를 구하며 할머니에게 집 안으로 들어와 차를 함께 마실 것을 권했지만, 그녀는 "다음 기회에"라는 말을 하면서도 차를 권해 줘서 고맙다고 말한 후, 환하게 웃으며 손을 흔들고는 자리를 떠났다.

꽃다발에 꽂혀 있던 카드에는 할머니의 이름인 요스튼과, 그녀의 집 호수, 집 전화번호가 함께 적혀 있었다. 무슨 일이 있거나 궁금한 점이 있으면 언제든지 연락해도 된다는 메시지도 적혀 있었다. 뭉클했다. 낯선 땅에서 낯선 이의 호의를 이렇게 갑자기 번개처럼 맞게 될지는 전혀 예상을 못 했었다. 그렇게 요스튼 할머니와 우리는 좋은 친구이자 이웃이 되었다.

그다음 날, 나는 할머니의 친절에 보답하는 의미로 화분을 하나 사서 정성껏 준비한 카드와 함께 그녀의 아파트 문을 두드렸다. 문 뒤로 그녀의 음성이 들린 후, 열쇠를 여는 소리가 들리고, 또 들리고, 또 들리고, 그렇게 한참 만에 열린 문의 안쪽을 보니 자물쇠가 문 안쪽에 대여섯 개는 달린 게 보였다. 혼자 살고 있다는 할머니의 일상이 눈에 보이는 순간이었다. 나를 보고 반가워하던 할머니가 내가 건넨 화분과 카드를 보더니 갑자기 하하하 큰 소리를 내며 웃기 시작했다. 무슨 상황인지 어리둥절해진 나는 그런 그녀를 당황스러운 표정으로 쳐다보고 있었으리라.

"미안해요. 호호, 그런데 이 카드를 보고 웃지 않을 수가 없어서. 이 카드, 무슨 의미인지 알아요?"

"어, 그게…"

"이 카드는 장례식 후 애도의 마음을 표현할 때 쓰는 카드예요. 괜찮아요. 아마도 의미를 모르고 고른 카드일 테니까요. 그런데, 지금 내 상황에 딱 맞아떨어지는 카드예요. 어제 내 고양이가 죽었거든. 그러니 지금 이 카드를 그 고양이를 애도하는 의미로 받아들일게요. 고마워요. 이 화분도."

그녀의 설명을 듣고 난 후 나는 당황스럽고 미안한 마음을 감출 수 없었고, 그녀에게 내 실수에 대해 사과를 하며 민망한 웃음을 지어 보였다. 카드를 고르며 오랜 고민

끝에 매끄러운 조약돌 위에 불이 켜진 양초가 올려져 있는 그림이 마음에 들어 하필이면 그 카드를 선택했었다. 카드가 꽂혀 있는 판매대 줄마다 생일, 졸업, 퇴원 축하 등 카드의 용도가 적혀 있는데, 그때의 나는 그런 단어들을 읽을 생각도 못 했던 것이다. 무지에서 나온 큰 실수였지만, 요스튼 할머니는 그런 내 실수를 너그럽게 넘겨주었다. 그녀의 고양이 친구가 세상을 떠난 것은 슬픈 일이지만, 우연히 맞아떨어진 상황을 나를 고려해 위트 있게 넘겨주는 그녀의 배려가 고맙게 느껴졌다.

그렇게 오며 가며 인사를 하고 담소를 나누던 일상 중에, 우리는 그녀에게 평생 잊을 수 없는 선물을 하나 받았다. 그녀가 손수 만든 조그만 수첩 크기의 단어장을 우리 아이에게 선물로 준 것이었다. 손 글씨로 글을 쓰고 그림을 그려 노끈으로 엮어 만든 단어장에는 한 장 한 장 단어들이 뜻과 함께 적혀 있고 그 옆에는 그에 맞는 그림이 그려져 있었다. 낯선 언어를 공부해 가야 할 아이에게 도움이 되고 싶어 준비해 봤다며 선물을 건네는 요스튼을 보며, 우리 가족은 그 따스한 마음에 한없이 먹먹한 감동을 느꼈다.

그녀는 나이가 많았고, 금세 쇠약해졌으며, 산책길에 보행 보조기가 없으면 걷기 힘든 상태가 되어가더니, 결국에는 아파트를 떠나 요양 병원에서 지내게 되었다. 혼자 지내는 노인이 아프게 되면, 정부에서 집으로 요양사를 보내주지만, 치료가 필요할 정도로 아파지면 혼자 집에 머물지 못하게 한다며 불평을 하던 그녀의 모습이 떠오른다. 요양 병원에서 만났던 요스튼은 좀 더 야위어 있었지만, 환한 미소는 그대로인 모습이었다.

그녀가 세상을 떠난 지 한참이 지났지만, 그래서 그녀를 못 보게 된 지도 한참이 지났지만, 볼 인사를 할 때마다 내 볼에 맞닿아 오던 그녀의 보드라운 살결의 감촉은 가끔 한 번씩 내 머릿속을 생생히 맴돌고는 한다. 그리고 카드 코너에서 카드를 볼 때마다 그녀에게 보냈던 카드를 생각하며 혼자 한 번씩 훗- 하고 싱겁게 웃고는 한다. 정이란 사람을 기억하게 만들고 쉽게 잊히지 않게 만들기 때문이다.

아이 친구의 엄마가
연애 프로그램에
나온 이유

네덜란드 학교에서는 보통 새 학년이 시작되면 학생들에게 자율적으로 주제를 정해서 발표 자료를 만들어 발표를 하는 과제를 내고는 한다. 스포츠, 음식, 다른 나라 이야기 등 다양한 주제를 선택하기도 하지만, 그중 많은 아이들이 택하는 주제는 바로 자기 자신이다. 그렇게 자기 자신에 대해 발표를 하기로 정한 아이들은 자신과, 자신의 가족 얘기를 모두 거리낌 없이 친구들에게 말하고는 한다.

아버지가 알코올 중독이 심해져서 노숙자로 지내거나

알코올 중독 치료 시설에서 지내서 어머니와 형과 살고 있다고 말하는 아이, 부모님이 이혼해서 2주에 한 번씩 부모님 집을 옮겨 다니며 지낸다는 아이, 할아버지가 갑작스럽게 살해될 수밖에 없었던 아픈 가정사를 얘기하는 아이, 척추가 점점 휘어지는 병을 갖게 된 걸 고백하는 아이, 아버지를 잃은 후 정신과 상담을 지속적으로 받고 있다고 자신의 상황을 설명하는 아이까지, 그동안 내 아이들이 반 친구들의 발표 주제로 들었던 이야기는 그렇게 매우 다양했고, 또 진실되었다. 아이들은 자신의 가정사나 개인적인 아픔을 친구들에게 있는 그대로 공개를 하고, 그걸 듣는 아이들은 그 아이를 좀 더 깊이 이해하게 되는 기회를 갖게 되는 것이다. 이런 이유 때문인지, 행동이나 외모가 지저분한 걸로 다른 친구를 놀리는 경우는 있어도, 개인적인 가정사를 갖고 다른 친구를 놀리는 일은 좀처럼 생기지 않는다.

하루는 가족끼리 근처의 리조트로 짧은 여행을 간 날이었다. 숙소에 도착해서 TV를 켜고 잠시 쉬려는 참이었는데, TV를 보던 아이가 갑자기 깜짝 놀라 소리를 질렀다. 아이의 같은 반 친구의 엄마가 한 연애 프로그램에 출연하는 장면이 그때 마침 TV에서 방영되고 있었기 때문이었다. 그 TV 프로그램은 여자와 남자가 프로그램을 통해 소개를 받아 레스토랑에서 함께 저녁을 먹으며 첫 데이트를 갖는 연애 프로그램이었다. 그 여자 출연자가 바로 아이가 새로 진학한 학교에서 알고 지내기 시작한 친구의 엄마였고, 그 친구의 엄마가 TV에서 데이트를 하는 모습이 마침 우리 가족이 방금 도착한 리조트의 TV에서 나오고 있는 것이었다.

아이가 그 친구와 한 반이 된 후 학교 발표 과제 날, 그 친구는 아빠가 자신이 여섯 살 때 암으로 돌아가셨고, 남겨진 어머니가 우울증으로 한동안 힘들어했으며, 자신과 여동생도 여전히 상담 치료를 받고 있다는 자기 자신의 상황을 그 발표 과제 시간에 얘기했다. 그래서 우리는 그 친구가 아버지가 없다는 것을, 그리고 그 친구의 가족들이 그 후로 힘든 시간을 보내고 있다는 것을 아이를 통해 전해 들을 수 있었다. 그 가족은 우리 집과 매우 가까운 곳에 살고 있었고, 내 아이는 그 친구와 자전거를 타고 등하교를 함께하고 있었다. 그런데 그렇게 가까운 거리에 살고, 등하교를 함께해도 서로 딱 거기까지였고, 그 친구는 더 이상 마음을 열고 싶어 하지 않았으며, 그렇게 처음 몇 달 동안 서로의 집에 한번 놀러 간 적도 없었다.

그러던 어느 날, 아이가 집에 와야 할 시간이 한참이 지났는데도 집에 돌아오지 않고 있었다. 걱정스러운 마음에 전화를 걸었더니 받지도 않아 초조해하고 있는데, 조금 후에 아이에게서 전화가 걸려 왔다. 집에 돌아오는 길에 그 친구의 자전거 타이어에 구멍이 나서 걸어서 움직이고 있다고 했다. 우선 자전거 수리점에 들렀는데, 자전거를 바로 고칠 수는 없었다는 말도 전해 왔다. 그래서 어떻게 해야 할지 모르겠다고 아이가 걱정을 하는 말에, 나는 아이에게 그 친구와 함께 자전거를 끌고 집까지 걸어오라고, 절대 혼자서 자전거를 타고 오지 말라고 얘기를 했다. 그렇게 두 아이는 한 시간 정도 내리는 비를 맞으며 자전거를 끌고 집까지 걸어왔다. 집에 도착한 아이는 피곤해 보였지만, 마음은 왠지 개운해 보였다. 그날 그 일 이후로, 아이와 그 친구는 마음을 완전 터놓는 베스트 프렌드가 될 수 있었고, 여전히 사이좋게 잘 지내고 있다.

남편과 사별 후, 운영하던 사업도 정리하고 우울증을 앓던 그 친구의 엄마는, 수영장이 있던 집을 팔고, 벽에 걸려 있던 그림들도 팔고, 새로운 직장을 구하고, 그렇게 TV 연애 프로그램에도 나가고, 비록 그 프로그램에서 만난 남자는 아니었지만, 다른 남자를 만나 연애도 시작했고, 그렇게 그 친구와 엄마, 여동생은 점점 밝아진 모습으로 새로운 일상생활을 이어가게 되었다.

아이와 그 친구는 여전히 가끔 한 번씩 그 TV 연애 프로그램 얘기를 하면서 재밌어한다고 한다. 학기 초 발표 시간에 그 친구가 자기 자신에 대해 발표하지 않았다면, 그렇게 마음을 닫고 지내던 그 친구에게서 우리는 절대 그 아이의 가정사에 대해서 자세히 들을 수는 없었을 것이고, 그러면 나는 자전거 타이어에 구멍이 난 날, 아이에게 친구와 꼭 함께 걸어오라고 얘기를 해줄 수도 없었을 것이며, 아이 친구의 엄마가 TV 연애 프로그램에 나오게 된 이유도 이해를 할 수 없었을 것이다.

자신을 있는 그대로 드러내고 자연스럽게 보여주면서, 그게 상처가 아님을, 나만 겪는 아픔이 아님을, 다른 친구들도 겪을 수 있는 일임을 나누는 용기를 아이들은 가지고 있었고, 그렇게 자연스럽게 스스로를 치유하고 자신감을 얻으며 교류하는 법을 배워가고 성장해 가는 것이라는 생각을 했다. 그래서 아이들은 자율적으로 자기 자신을 발표 주제로 선택해서 발표함으로써 스스로의 틀을 깨고 걸어 나오는 첫걸음을 내딛는 것이다. 멋지게, 용감하게.

변하지 않는

"내 친구 J는 살구를 한 번도 먹어본 적이 없대."

살구는 이곳에서 평범하게 즐기는 과일 중 하나다. 그냥 먹기도 하고, 말려서 견과류와 섞어 아침 식사로 요구르트나 시리얼 등과 함께 먹기도 한다. 그런데 아이의 친구는 그 과일을 여태껏 한 번도 먹어본 적이 없다고 했다. 쩍 입이 벌어진 채 놀란 표정을 짓는 나에게 아이가 말을 덧붙여 왔다.

"그 친구는 ××킹도 한 번도 먹어본 적이 없대. 맥×

××만 먹어봤고, K××도 모르고."

이 대목에선 좀 양심이 찔렸다. 좋은 엄마가 되고 싶었는데, 아이에게 나는 패스트푸드를 너무 많이 먹였구나. 그 친구의 부모님이 잘하신 걸 수도 있단다…라고 아이에게 말해주고 싶었지만, 그냥 속으로 말을 삼키고 짐짓 대수롭지 않은 표정을 아이에게 지어 보였다.

"뭐… 그럴 수도 있지. 먹던 것만 먹으려는 습관이 있을 수 있으니까."

사실, 나는 이 말을 하면서, 일주일 식단을 짜서 그걸 무한 반복하는 친구들 가족의 얘기를 하며 신기해하던 아이의 모습을 기억해 냈다. 목요일은 피자 데이라서 그 친구의 가족은 매주 목요일은 피자를 먹는다고 했고, 특별한 이유가 없는 한 그 정해진 식단이 달라지는 일은 없다고 했다. 그 친구의 가족이 특이한 게 아니라고 말해주고 싶었지만, 그 친구뿐만 아니라 같은 반 다른 친구들도 그렇게 요일마다 정해져 있는 메뉴가 있는 가족이 많다는 얘기를 하는 아이에게 별말을 하고 싶지는 않았다.

집에 들어서며 오늘 저녁 메뉴가 뭐야…라고 물을 수 없어서 아쉬울 수도 있겠고, 그런 걸 물을 필요가 없어서 편할 수도 있는 거니까. 일상이 반복되는 익숙함과 편안

함, 그 평온함 속에는 굳이 치열해질 필요가 없는 그들만
의 무던한 일상이 있다.

1965년산 음악회

네덜란드에 온 지 얼마 안 되었을 때, 동네도 익히고 살아가는 방법도 배울 겸 열심히 이곳저곳 탐색을 다니고는 했다. 그렇게 하루하루 새로운 것들을 발견하고 배우는 재미를 찾아가는 중이었고, 그날도 새로운 배움을 얻길 바라며 동네를 산책하던 날이었다. 일반적인 상점들 사이에서 내 눈에 띈 상점이 하나 있었는데, 쇼윈도에 그릇, 책, 옷, 가구 등이 잔뜩 진열되어 있는 곳이었다. 그런데 그렇게 진열된 것들이 색이 바래고 약간 오래된 느낌이 들었고,

가게 외관도 선뜻 발을 들이기에는 뭔가 누추한 느낌이
드는 곳이었다. 호기심 어린 눈으로 가게를 밖에서 쳐다보
기만 하고, 그렇게 그곳을 그냥 지나쳐 가길 반복하던 나
는, 결국 그 호기심을 못 이기고 어느 날 조심스레 그 가게
문을 열고 안으로 들어갔다.

그 허름한 가게는 동네에 있는 중고 물품 가게였다. 사
람들이 더 이상 필요하지 않은 물건들을 그냥 버리지 않
고 가게에 기증을 하면, 그 가게는 그 물건들을 깨끗이 정
리하고 손질해서 판매를 하고 있었다. 기증을 받아서 판매
를 하기 때문인지 물건값도 1유로부터 시작해서 시중의
값과는 비교도 안 되게 매우 저렴했다. 장난감, 책, 옷, 가
구, 부엌 기기, 음반, 운동 기구 등 생활에 필요한 모든 잡
다한 물건들이 잔뜩 들어차 있는 그곳은 신세계였고 보물
창고였다.

처음 방문했던 날 나는 그곳에서 아이의 흔들 목마를 3
유로에 구매할 수 있었다. 시중에서 사려면 몇 십 유로는
주어야 하는 물건이기에, 그 흔들 목마를 집에 가져온 후
한동안 느끼던 뿌듯함과 만족감은 나를 그 중고 물품 가
게의 단골로 만들어주었다. 그렇게 우리는 그 단골 가게에
서 아이의 장난감, 세발자전거, 카시트뿐만 아니라, 집의

탁자, 의자, 장식장 등도 구매를 했었다. 그 가게에서 구할 수 있는 앤티크 가구들이 가진 특유의 우아함에 매료되었을 때였다. 그 가구들의 가격이 매우 저렴했기에 뿌듯함을 느꼈고, 시중에서 판매되는 새로 만들어진 가구들과는 비교도 안 되는 나무의 튼튼함과 질감에 만족스러움을 느끼고도 있었다.

저렴한 가격에 물건을 살 수 있다는 장점 외에, 이 중고 물품 가게는 동네 주민들에게 또 다른 큰 장점을 제공하고 있었다. 쓰레기를 의미 있게 그리고 손쉽게 처리할 수 있게 도움을 주고 있었기 때문이다. 아직 쓸 만한 물건이지만 더 이상 자신에게는 필요하지 않은 물건들을 어쩔 수 없이 버리려면, 이 평평한 나라에서는 그게 그리 쉽지 않다.

각 도시마다 정책이 다르기는 하지만 일반적으로 크기가 큰 쓰레기를 버리려면, 시에서 운영하는 별도의 쓰레기 버리는 장소에 직접 가져가서 버려야 하고, 가정마다 무료로 버릴 수 있는 횟수도 제한되어 있으며, 쓰레기의 용량이나 크기에 따라서 정해진 비용을 내고 쓰레기를 버려야한다. 사정이 이렇다 보니, 중고 물품 가게는 더 이상 필요 없어진 물건을 처리하기에는 최적의 장소이고, 필요한 물건을 값싸게 구매할 수 있는 소중한 장소가 되는 것이다.

우리 가족은 그래서 동네에 있는 중고 물품 가게를 늘 애용해 왔고, 우리의 삶에 좋은 추억을 남겨준 소중한 물건들을 그곳에서 얻었으며, 그에 따라 돈도 꽤 많이 아낄 수 있었다. 새로 이사해 온 곳에서도 우리는 집 근처에 근사한 중고 물품 가게가 있는 걸 발견하고 정말 기뻐했다. 하도 그 중고 물품 가게에 자주 가고 그곳에서 물품들을 구매하다 보니, 그 가게의 직원이 남편을 만나면, "어이, 친구…"라고 부르게 되기까지 했다. 하루는 그 가게에서 구매한 탁자가 우리 집에 배송되어 오는 날이었다. 그날도 그 직원은 남편을 보고 "어이, 친구…"라며 반갑게 인사를 한 후, 그동안 속에 담아온 말이었는지 우리에게 한마디 했다. "보통 이런 집에 새로 이사 오는 사람들은 우리 가게에서 가구를 구매하지는 않는데…"라고. 우리는 그 말을 들었을 때 조금 놀랐지만, "우리가 현명한 소비자인 거지, 그리고 우리는 당신 가게의 가구들을 정말 좋아해…"라고 허허 웃으며 대답하는 것으로 그 직원을 납득시켰다.

　　우리는 아이가 아기 때부터 중고 물품을 구해서 사용했다. 아기 때도 중고로 옷을 구해 입혔다고 말하면 아이는 내게 "에유우-" 그런다. 이 '에유우-'는 아이가 벌레를 봤을 때 내는 소리로, 더럽다는 뜻이다. 그럼 나는 아이의 반

응이 재밌어 "그게 뭐…"라고 대꾸하며 하하 웃어주고 만다. 그랬던 아이가 우리가 자주 가는 중고 물품 가게에서 이제는 중고로 나온 물품들을 직접 구매도 한다. 친구들이 집에 놀러 오면 친구들과 함께 그 가게에 구경을 가기도 하는 걸 보니, 이제는 그곳에서 보물찾기를 하는 묘미를 제대로 깨우친 듯하다.

우리 집 한구석 벽에는 첼로, 바이올린, 플루트를 연주하는 사람들이 앉아 있고, 그 중앙에는 노래를 부르는 소프라노가 서 있는 모습이 조각된 검은 동판 작품이 걸려 있다. 그리고 그 밑에는 1965라는 숫자가 새겨져 있다. 이 동판은 우리의 단골 중고 물품 가게에서 2유로를 주고 구매한 것이다. 그 동판은 우리가 구매하기 전에는 어느 집의 벽에 꽤 오랫동안 소중히 걸려 있었을 것이다. 난 그 음악회 풍경이 조각되어 있는 동판을 볼 때마다 늘 그 정교함에 감탄하게 되고, 그들의 음악을 듣는 듯한 상상을 하며 즐거움을 느끼고는 한다. 중고 물품 가게가 아니었다면, 내가 이런 음악회를 즐길 기회를 어디서 얻겠는가. 그러니 1965년산 음악회는 중고 물품 가게가 내 인생에 부려준 근사한 마법인 셈이다.

머릿니 잡아주는
학교 친구 엄마

아이의 학교 통신문이 이메일로 도착했다. 내용인즉슨, 이번 주 수요일 학교에서 머릿니 확인을 하는 일정이 있으니, 미리 아이의 상태를 살펴보고 깨끗이 해서 학교에 보내주세요. 뭐, 대충 그런 내용이다.

머릿니.

선진국이라는 이 나라에, 아직도 아이들 머리에 머릿니가 있나…라는 생각을 했지만, 있다… 정말 있다. 그렇게 아이들 머리에서 종종 머릿니가 발견되니, 네덜란드의 초등학교에서는 정기적으로 학생들 머리의 머릿니 점검을 한다. 이때, 학교 선생님이 아이들의 머리를 확인하는 게 아니라, 그날 돕겠다고 자원을 한 같은 반 학부모가 학교를 방문해 아이들의 머릿니 여부를 확인한다. '머릿니 엄마'라는 단어가 있을 정도로 흔한 풍경이다. 머릿니 엄마라는 TV 시리즈와 영화도 만들어져 꽤 인기를 끌기도 했다.

이렇게 머릿니 확인 일정이 끝나고 나면 학교 통신문이 또 한 번 이메일로 날아든다. 솔직히 이 이메일을 열기 전 왠지 손에 땀이 좀 난다. 혹시라도 내 아이 머리에서 머릿니가 발견된 건 아닌지, 문제적 인물(?)로 지목되어 은밀히 분류당해 버린 건 아닌지 하는 긴장감과 초조함을 느끼기 때문이다.

누구에게도 머릿니가 발견되지 않고 확인 절차가 잘 끝났습니다…라는 메시지를 읽게 되면 휴우– 하고 안도의 한숨을 내쉬게 되는 것이 이런 이유이다. 가끔 익명의 한 학생에게 머릿니가 발견되어 그 학생의 부모님께 따로 연락을 취했고 후속 조치를 취할 예정입니다… 같은 메시지를 읽게 될 때는 그 연락을 받았을 학부모에게 동정심을 느끼기도 하고, 그 머릿니가 발견됐다는 아이가 크게 상처를 받지는 않았기를 바라기도 한다.

그래도 그리 걱정할 건 없는 게, 설령 머릿니가 발견되었다고 해도, 그 머릿니가 누구에게서 발견되었는지는 반 친구들은 절대 알지 못한다는 것이다. 이런 비밀을 그렇게 잘 지켜주어서… 그래서 머릿니 엄마가 인기가 있는 걸 수도 있다. 비밀을 끝까지 지켜주어서.

언덕이 신기해

꼭 흰 눈을 보고 신이 나서 여기저기 뛰어다니고 굴러 다니는 강아지를 보는 것 같다. 딱 그런 모양으로 이 평평한 나라의 아이들은 언덕만 보면 신이 나서 뛰어 올라가고 뛰어 내려오거나 굴러 내려오는 등 난리가 난다. 워낙 평평한 땅만 봐와서 그런지, 구덩이를 파려고 흙을 파내어 모아둔 것만 봐도 언덕이라고 좋아하고, 공사 현장 옆에 쌓인 모래들만 봐도 언덕이라고 좋아할 때도 있다. 물론 네덜란드의 모든 지역이 평평한 것은 아니다. 지역마다 다르고 그중에는 조금 높은 지형이 있는 곳들도 있지만, 대부분의 지역에서는 조금만 땅의 모양이 오르내려도 그게 또 아이들이 즐거워할 만한 풍경을 만들어내는 것이다.

주어진 환경이 이러니, 놀이터 옆 공터에 흙을 좀 쌓아서 아이들이 놀 수 있게 일부러 언덕을 만들어놓은 동네들도 간간이 눈에 띈다. 그 높이가 기껏해야 1미터에서 높게는 3미터 정도 되는 언덕이지만, 아이들은 그곳을 오르고 내려오며 신나한다. 중력을 약간 다른 방법으로 느낄 수 있는 특별한 공간이기 때문이다. 이런 언덕들은 평소에도 아이들에게 사랑을 잔뜩 받는 곳이지만, 눈이 쌓일 때는 그 인기가 어마어마해진다. 눈썰매를 즐길 수 있는 최적의 장소이기에, 동네 아이들이 눈이 좀 쌓이면 집에서 눈썰매를 끌고 그 언덕으로 모여들기 때문이다.

일반적인 동네에는 언덕이 없는 곳이다 보니, 쓰레기를 매립한 곳에 잔디를 심어 큰 산처럼 보이게 언덕을 만들어놓은 곳이 동네에서 제일 높은 곳이 되어, 주변을 모두 둘러볼 수 있는 경치 좋은 전망대가 되기도 한다. 그렇게 전망대를 만들어 관광지로 활용하기도 하고, 하이킹이나 산악자전거를 연습하는 사람들이 즐겨 찾는 곳이 되기도 하며, 골프를 칠 때도 언덕이 필요하기 때문에 그 근처에 골프장을 만들어 라운딩 장소로 활용하기도 한다.

언덕을 좋아하는 건 내 아이들도 마찬가지인지라, 한 번은 스위스의 산자락으로 휴가를 갔다가 그 산자락 중간에서 내가 목 놓아 운 적이 있다. 아이가 스스로 휴가 계획을 짜게 해서 떠났던 여행길이었고, 첫날 일정으로 1900미터가 넘는 산을 하이킹하는 여정을 아이가 겁도 없이 넣어둔 것을 전혀 알아차리지 못했다. 뒤늦게야 이 사실을 알게 된 나는 계획을 바꾸자고 아이를 설득해 보려 했지만, 아이는 막무가내였다. 우리가 묵고 있는 숙소에서 가까운 산 중에 제일 높은 산을 자신이 일부러 찾아서 넣은 것이고, 자신은 그 산에 꼭 올라가봐야겠다는 것이었다. 그렇게 평평한 길을 걷는 데 익숙해져 있던 나는, 그날 갑자기 1900미터 산을 올라가게 되었다. 어느 정도 산을 올라가니 들리는 건 소 울음소리와 소의 목에 매여 있는 종에서 울리는 종소리뿐이었고, 그날따라 안개가 심해 5미터 밖은 보이지도 않을 정도였다.

그날 나는 죽을힘을 다해 산을 올랐고, 남편과 아이들은 안갯속에 서서 뒤처진 나를 기다리는 일이 계속 반복되고 있었다. 하이킹을 하는 다른 사람들이 나를 지나쳐 갈 때마다 계속 괜찮냐고 내게 물어봐주는 것도 고마운 일이었고, 위에서 기다리고 있는 내 가족들에게 그 사람들은, 걱정 마… 올라오고 있어…라며 그들을 안심시켜 주는 말도 잊지 않았다. 그렇게 숨을 헐떡이며 오른 정상에는 가파른 절벽 길이 놓여 있었고, 그 절벽 길을 따라 다른 산 등성이로 이어진 길을 따라 걸어야 한다고 했다. 그리고 나는 그 가파른 절벽 길을 따라 걷다가 결국 주저앉아 목 놓아 울었다. 고소 공포증이 심한 나는 그날 삶의 끝에 다다른 듯한 공포감을 느꼈기 때문이다. 이런 나 때문에 우리는 결국 가파른 절벽 길을 따라 다른 산등성이로 걸어가는 것을 포기하고, 중간에 놓인 풀밭 길을 따라 산을 내려왔다. 산에서 내려온 후, 아이는 파랗게 질린 내 얼굴을 보며 굉장히 미안해했지만, 나는 아이에게 다시는 휴가 계획을 정할 권한을 주지 않을 거라는 말로 소심한 복수를 했다.

그 산행 이후, 이 평평한 나라의 평평한 길들이 내게 얼마나 큰 편안함을 주고 있었는지 비로소 깨달았다. 평평해서 지루하고 따분하다고 느꼈는데, 그게 평온함이었고, 손을 놓고 자전거를 탈 수 있게 만들어주는 안락함이었다. 아이들은 여전히 언덕을 보면 좋아하고, 산을 보면 신기해하고 흥분하며 그 꼭대기까지 올라가고 싶어 한다. 난 산이 많은 나라에서 나고 자라왔기에, 그들의 마음을 온전히 다 이해하지는 못한다. 그러니 그저 앞으로는 평평함과 아찔함의 중간 정도 높이에만 함께 올라가는 걸 원하기를 바랄 뿐이다.

기다리다 미쳐도
수영만은

    기다리다 미치겠는 상황을 네덜란드에서는 꽤 자주 겪게 된다. 아이 음악 레슨을 등록해도 1년을 기다려야 할 때도 있고, 스포츠 강습을 등록해도 대기자 명단에 올린 채 기약 없이 기다려야 될 때도 있다. 기본적인 병원 진료를 받으려고 해도 한 달 넘게 기다려야 할 때도 많다. 이렇게 일상생활과 관련된 일들 중 기다려야 하는 경우가 많다 보니, 다들 이런 대기 시간 정도는 보통 당연하게 받아들인다.

하지만, 이런 현실에서도 그렇게 느긋하게 기다리지 못하는 것들이 몇 가지 있는데, 그중 하나가 아이의 수영 강습이다. 물이 많은 곳이기 때문에 수영은 생명과 직접적으로 연관되어 있다 보니, 아이가 어느 정도 크면 수영을 가르치는 걸 의무적으로 여기게 되고, 학교에서도 아이가 수영 자격증이 있는지 확인을 한다. 보통 첫 두 단계 수영 자격증을 따고 나면 네덜란드의 어느 물놀이 시설에서든 제한 없이 수영을 즐길 수 있다.

사정이 이렇다 보니, 이 평평한 나라의 부모들에게 아이의 수영 강습은 매우 중요한 책임감을 느끼게 하고, 다들 최대한 빨리 그 수영 강습을 끝내고 싶어 한다. 그런데 문제가 수영 강습을 받으려 해도 그게 그리 쉽지가 않다는 것이다. 대기 시간이 너무 길다. 수영 강습 등록을 하면 짧게는 몇 개월에서 길게는 1년을 기다려야 하는 건 일반적인 일이다. 그래서 대기자 명단에 아이를 넣어두고 마냥 기다리지 못하는 부모들은, 멀리 떨어진 다른 도시들까지 아이를 데려가 수영 강습을 받게 하기도 한다.

아이들을 위한 수영 강습은 보통 부모들의 업무 시간을 고려해서 수요일, 금요일 오후 시간이나, 토요일 오전 시간에 몰려 있다. 어린아이가 있는 부모들은 남편이든 아내든 주 4일 근무를 하거나 하루는 반일만 근무하는 경우가 많은데, 주로 수요일이나 금요일에 반일 근무나 휴무일을 갖기 때문에 그 날짜에 아이의 수영 강습 일정을 넣어둔다. 토요일 오전 수영 강습의 경우, 이른 아침부터 아이를 챙겨 데려온 부모들의 몰골은 다들 말이 아니다. 대부분의 부모들이 졸음을 간신히 떨친 모습으로 커피를 앞에 두고 의자에 멍하니 앉아, 전면 유리창 너머로 보이는 아이들의 수영 강습 모습을 보고 있다.

혼자 씻지도 못하고 옷도 갈아입지 못하는 나이대의 아이를 둔 부모들은 그 좁은 탈의실에서 나가고 들어가는 아이들 사이에서 전쟁을 치러야 할 때도 있다. 아이들 수영 강습이 있는 시간에는 보통 수영장 실내 온도를 더 높게 올려놓기 때문에, 겨울에 옷이라도 두껍게 입은 날에는 아이들을 챙기느라 부모들의 얼굴이 붉게 달아오르기도 하고 땀도 뻘뻘 흘릴 수밖에 없는데, 그런 상황에서 다른 부모와 눈이라도 마주치면 동병상련의 눈웃음을 서로 주고받고는 한다.

한 수영 자격증 과정에 보통 2~3개월 정도가 걸리고, 수영 자격증 시험도 대기 시간이 있기 때문에, 결국 첫 두 단계 자격증을 모두 따려면 대략 반년에서 길게는 1년 정도의 시간이 걸린다. 몇 달 수영 강습을 받으면 형식적으로 시험에 통과시켜 주는 게 아니라, 수영 자격증 시험이 수영 대회라도 되는 듯 그 분위기가 꽤 진지하고, 그 부담감에 구토를 하고 코피를 흘리는 아이들도 있으며, 시험에 통과하지 못해 수영장에서 대성통곡을 하는 아이들도 꽤 된다. 그래서 이 자격증 시험이 있는 날은 온 가족에게 매우 중요한 날이고, 좀 유난스럽게 축하를 하고 싶어 하는 가족들은 대가족이 함께 수영장을 방문해 아이를 응원하기도 한다.

수영 자격증 시험에 합격을 하게 되면, 아이들은 자격증서와 함께 목에 메달을 걸게 되는데, 그 메달을 보는 아이들의 표정은 흡사 올림픽 수영 대회에서 받은 금메달을 보는 듯 그 뿌듯한 감정을 감추지 못한다. 수영 자격증은 이 나라 아이들이 자신들의 인생에서 공식적으로 받게 되는 첫 자격증인 경우가 대부분인 만큼 그 의미가 남다르고, 그 과정이 고된 만큼 아이들이 느끼게 되는 성취감도 대단하니, 그 뿌듯해하는 눈빛을 인정해 줄 수밖에 없다. 그래서 수영 자격증을 받은 그날은, 아이가 원하는 일을 모두 들어줘도 아깝지 않은 날이다.

임신한 아내와
냉동 피자를 먹어도
행복해

저녁 시간 즈음 급하게 사야 할 물건이 생겨 걸어서 슈퍼마켓에 가던 길이었다. 그렇게 길을 걷고 있는데, 내 쪽으로 걸어오는 한 커플이 눈에 띄었다. 여자는 한눈에 보기에도 배가 꽤 불러 있는 임산부였다. 남자의 손에는 냉동 피자 두 개가 들려 있었고, 여자의 손에는 샐러드 팩 하나가 들려 있었다. 둘은 그렇게 여유롭게 대화를 나누고 미소를 지으며 길을 걷고 있었다. 저녁 식사 시간 즈음이었으니 그 둘의 오늘 저녁 메뉴가 냉동 피자와 샐러드인 듯했다. 그 둘은 회사를 퇴근하고 온 길인 듯한 복장이었지만, 두 사람의 저녁 메뉴를 나눠 들고 여유로운 걸음걸이로 집으로 돌아가고 있었다.

임신을 했으니, 영양이 골고루 갖춰진 몸에 좋은 음식을 집에서 직접 만들어 먹어야 된다는 생각에, 그 남편이든 아내든 퇴근 후 조바심을 내며 요리를 하고 저녁 식사를 준비하려고 했다면, 저렇게 둘이서 초저녁 아직 남아 있는 햇살을 받으며 여유로운 미소를 띤 채 함께 걷고 있을 수는 없었을 것이다. 냉동 피자면 어떤가, 둘이 행복하게 맛있게 먹으면 되는 거 아닐까. 만약 저 커플이 냉동 피자를 먹으며 영양분을 걱정한다면, 필히 손에 들고 간 샐러드와 함께 치즈든 당근이든 간단히 먹을 수 있는 것들을 곁들여 먹을 것이다.

네덜란드에서 생활하는 동안, 가볍게 손님을 대접할 때는 냉동 피자를 오븐에 구워서 샐러드와 함께 내놓는 것도 종종 보아왔다. 사실 이 평평한 나라의 사람들에게는 무엇을 먹는지보다 무엇을 마시는지가 더 중요하고, 그것을 어떤 분위기에서 누구와 함께하는지가 더 중요한 듯하다. 냉동 피자가 있는 식탁이라도 함께 곁들이는 멋진 음료가 있으면 그만이고, 영양분이 걱정된다면 부족한 영양분을 보충해 줄 간편한 음식을 함께 곁들이면 된다고 생각하는 것이다. 음식에 그리 큰 비중을 두지 않기에 평상시의 저녁 식사 준비를 거창하지 않게 하는 대신, 되도록이면 간단하지만 영양을 갖춘 식사로 배를 채우고, 남은 시간을 어떤 개인적인 활동을 하며 보낼지를 더 깊게 고민한다.

그렇게 간단히 저녁을 먹고 나서 개를 데리고 저녁 산책을 나가기도 하고, 자전거를 타는 등 운동을 하러 가기도 하며, 가족들이 다 같이 앉아서 서로의 일과에 대해 얘기를 나누거나, 함께 텔레비전을 보기도 한다. 복잡하지 않고, 요란하지 않으며, 누구 하나 혼자 바쁘지 않은 그런 저녁 시간이 동네마다 흐른다. 사람 하나에 접시 한 개, 그 접시를 옮기는 사람도 각자 한 사람. 그렇게 사람들은 고요한 휴식을 취하고, 그 저녁 바쁘게 움직이는 소리는 접시를 씻어주는 기계음뿐이다.

1유로의 기쁨,
스승의 날

네덜란드에도 5월에는 행사가 많다. 그중 하나가 스승의 날인데, 이날 즈음이 되면 초등학교에서는 학부모들이 1유로씩 내서 반 전체 이름으로 선생님을 위한 선물을 준비하고는 한다. 그리고 아이들은 개별적으로 스승의 날 아침에 장미꽃 한 송이를 들고 가거나, 초콜릿 상자나 작은 정성이 담긴 선물을 들고 가 선생님께 전하기도 한다. 간소하게 부담이 되지 않는 선에서 성의를 표시하는 정도로 스승의 날을 기리는 것이다. 아이의 미혼 남자 담임 선생님이 쌓여가는 초콜릿으로 대체 자신이 뭘 해야 할지 모르겠다며, 먹어도 먹어도 끝이 없다고 농담 섞인 푸념을 했다는 말을 듣고 나서는 다음번 선물로 방향제를 준비해서 보내주었던 기억이 있다. 그 역시 10유로를 넘지 않는 선에서 일반 마트에서 판매하는 방향제를 준비했다. 누구 하나 선물의 적정선을 언급한 적은 없지만, 왠지 개인적으로 준비하는 선물은 절대 10유로가 넘으면 안 되는 것 같은 무언의 약속을 같은 반 부모들끼리 서로에게 느끼고 있었기 때문이다. 일종의 의리 같은 것일 수도 있고, 선의의 배려일 수도 있으며, 검소한 생활 방식에 대한 존중일 수도 있다.

아이를 어린이집에 처음 보내기 시작할 때였다. 퇴근 후 아이를 데리러 가면 늘 아이의 코밑에 진득한 노란 콧물이 말라붙어 있었다. 다른 아이들을 보면 깨끗한데 유독 내 아이만 그렇게 코밑이 지저분했다. 코 하나를 못 닦아 주나… 좀 섭섭하고 속상했다. 물론 선생님이 아이의 코를 닦아줄 책임은 전혀 없지만, 괜히 그때는 서운하고 속상한 감정이 앞섰던 것 같다. 아이의 어린이집 선생님들은 매우 좋은 분들이었고, 따뜻하고 책임감 있게 아이들을 돌보는 게 눈에 보이는 분들이었지만, 그래도 아이의 메마른 콧물을 볼 때마다 마음이 안 좋았다.

그렇게 지내던 차에 스승의 날이 돌아왔다. 고민을 하다 아이가 속해 있는 반을 담당하고 있는 선생님 두 분에게 스카프를 곱게 포장해 스승의 날 선물로 건넸다. 이 역시도 5유로 정도를 내고 구매했던 그저 작디작은 성의의 표시였다. 그런데 그 나비 효과는 엄청났다. 어린이집에서 근무하면서 스승의 날 선물을 받은 것이 처음이라며 두 분 선생님은 엄청 감동을 받은 듯했다.

물론 그 후로도 아이의 코에 붙은 메마른 콧물은 없어지지 않았지만, 쑥쑥 자라는 아이는 어느덧 자신의 콧물을 스스로 닦아낼 수 있게 되었고, 그렇게 아이의 코는 다른 아이들처럼 깨끗해졌다. 하지만 아이를 데리러 간 나를 대하는 선생님들의 태도는 눈에 띄게 달라져 있었다. 묻지 않아도 아이가 하루 종일 뭐에 집중해서 놀이를 하는지 친절히 설명해 주었고, 아이의 행동이나 태도에 주의 깊게 신경을 써주고 관찰해 주는 게 느껴질 정도였다. 그 덕분에 아이가 네덜란드 학교에서 흔히 사용하는 '로코(LOCO)'라는 교육용 장난감을 좋아한다는 사실을 알게 되었고, 아이가 퍼즐을 잘 만든다는 사실을 알게 되었다. 기차선로가 움직여 기차의 방향이 달라지게 만들 듯, 그렇게 선생님들이 전해 준 얘기들은 우리의 아이 교육 방향을 전혀 생각 지도 못했던 또 다른 길목으로 이끌어주는 계기가 되었다.

그 어린이집 선생님들은 그 작은 선물에서 마음을 읽었을 것이고, 그에 대한 보답으로 자신의 마음을 돌려주었으리라는 생각을 했다. 1유로를 모아 반 전체가 선생님의 선물을 함께 준비하는 것도 마음을 보여주는 것이고, 아이들이 전해 주는 장미꽃 한 송이를 기쁘게 받아 드는 선생님의 미소도 마음을 알아주고 그에 마음으로 보답해 주는 한 방식일 것이다. 스승의 날의 하이라이트는 반 아이들이다 함께 큰 종이 하나에 가득 글을 적고 그림을 그려 준비한 선생님에게 보내는 감사 편지다. 이 평평한 나라의 초등학교 스승의 날 풍경은 그래서 꽤 훈훈하고, 아이들과 선생님 모두 아무런 부담 없이 마음이 즐거운 날이다.

매년 친구들과 혹은 가족들과

같은 곳을 찾아가 시간을 보낸다

익숙한 듯 편안한 듯

여름마다 찾아드는 그곳

할머니 집을 바꿀 수는 없으니

제2부

숫자는
함부로
세지 마세요

화창한 햇살이 좋은 어느 토요일 오후, 내가 정원을 정리하는 동안, 아이는 집 앞에서 공놀이를 하는 중이었다. 그런데 갑자기 내 귀에 불쾌한 소리가 흘러들었다. "어이, 치네…"라고 누군가 내 아이에게 말을 하는 게 들린 것이다. 순간 머리끝까지 뭔가가 훅 올라오는 듯한 느낌에, 나는 말소리가 난 쪽으로 뛰어나가며, "지금 뭐라고 했지…"라는 소리를 무의식적으로 날카롭게 질러버렸다. 그렇게 소리를 내며 집 앞으로 나가자 남자아이 셋이 자전거를 세우고 서서 나를 쳐다보고 있었다. 그중 한 아이는 내 아이와 같은 반 아이였고, 다른 두 명은 그 아이의 형과, 형의 친구였다. 내 아이에게 그 말을 건넨 아이는 형의 친구였는데, 그 얼굴을 보자 나는 당황해서 말을 더 이어갈 수가 없었다.

'치네'는 한국 옆에 있는 그 나라 사람들을 네덜란드 사람들이 부르는 말이다. 길을 걸을 때나 자전거를 타고 가다 보면 "니하오" 또는 "치네"라고 나를 부르는 사람들도 마주치게 되는데, 정말 외국인을 한 번도 본 적이 없는 아이들이 신기해서 그러는 경우도 있고, 심심하고 할 일 없는 사람들이 재미 삼아 그럴 때도 있다. 아니면 또 정말 단순하게 자기가 알고 있는 '니하오'라는 인사말을 써보고 싶어서 그러는 사람들도 있다. 내가 어렸을 때 외국인을 보면 '헬로'라고 한번 말해보고 싶었던 마음 같은 거라 생각하며, 나 같은 경우는 그냥 못 들은 척, 못 본 척 무시해버리고는 한다. 그럼, 또 그렇게 별일 없는 듯 지나가버리니까 그게 차라리 편하다. 내 일본인 친구는 누군가 자신에게 "니하오"라고 하면 언제나 절대 못 들은 척을 안 하고 그 사람에게 큰 소리로 말하고는 했다. 난 일본인이라고, 네 인사말은 틀렸다고. 난 그 친구가 그럴 때마다 더 시비가 붙을까 봐 좀 긴장하기도 했는데, 또 그렇게 세게 나가면 "니하오"라고 말을 걸어온 무리는 민망한 듯 꼬리를 내리고 조용해지고는 했다.

그 형의 친구는 아이가 다니는 학교에서 굉장히 유명한 가족의 아이였다. 그 가족은 아이가 많아 거의 학년마다 그 집의 아이들이 있고, 아빠가 위험인물이라는 소문도 있었다. 그 집 아이들은 늘 다른 아이들을 괴롭히거나 학교에서 말썽을 일으키고, 낙제를 해서 몇 년을 같은 학년에 머물고 있는 등, 그 가족의 아이들은 학부모들의 경계 대상이었다. 학기 초에 그 집의 아이 하나가 내 아이의 가방을 밀어서 내가 그 아이를 훈계하고 있었는데, 아이와 같은 반의 다른 엄마가 나를 급하게 구석으로 잡아당기더니 이런 말을 해주었다. 저 아이는 건드리지 않는 게 네 아이에게 좋은 거라고.

그랬는데, 지금 내가 그 아이에게 이렇게 큰 소리를 질렀고, 그 아이는 이제 우리가 어디에 사는지도 알게 된 것이었다. 그런데 같은 반 아이의 형이 갑자기 내게 다가오더니 자신들은 아무 말도 안 했다고 변명을 하기 시작했다. 내가 자신의 친구 때문에 얼어붙은 채 서 있는지 모르는 그 아이는 내가 화가 나서 그러는 줄로 오해를 한 듯했다. 어쨌든 나는 알겠으니 가보라고 말을 한 후 그 아이들을 돌려보냈지만, 혹시 그 형의 친구가 내 아이를 학교에서 괴롭히는 일이 생길까 봐 그날 밤 내내 걱정을 해야 했다. 다행스럽게도 그 형의 친구가 우리 아이와 다시 말을 주고받는 일은 일어나지 않았고, 나도 그냥 단순한 해프닝으로 그날 일을 넘겼다.

그런 일이 있고 몇 주 후, 아이를 학교에 데려다주고 집에 자전거를 타고 돌아오는데, 그때 만났던 내 아이의 같은 반 아이와 그 형이 한 나이 든 여자와 대학생으로 보이는 여자와 함께 긴장한 얼굴로 길모퉁이에 서 있는 게 보였다. 등교 시간이 거의 끝나갈 즈음이었고, 그 아이들의 긴장한 표정, 나이 든 여자의 화난 듯한 표정이 뭔가 일이 있었던 듯한 상황을 설명해 주고 있었다. 나는 의아한 마음이 들었지만, 그들을 그냥 지나쳐 집으로 돌아왔다. 하지만, 계속 그 아이들의 표정이 마음에 걸렸던 나는 집에 돌아온 지 5분도 채 못 되어, 결국 그들이 서 있던 그 길모퉁이로 다시 자전거를 타고 돌아갔다.

내가 길모퉁이에 서 있는 그들의 옆에 자전거를 세우자, 그 화난 표정의 여자는 이내 내게 얼굴을 잔뜩 찌푸려 보였다. 귀찮다는 표정이었다. 나는 여자의 화난 얼굴을 무시하고 아이들에게 다가가 말을 걸었다. 너희 이러다 학

교 늦을 거라고, 왜 여기서 이러고 있냐고 물었더니, 형이
대답하길, 자신들의 자전거와 부딪힐 뻔한 스쿠터가 넘어
져 흠집이 생겼고, 피해 보상 때문에 저 사람들이 경찰을
불러 기다리는 중이라고 했다. 내가 학교나 아이들 집에
연락을 하자고 하니, 그 두 아이는 제발 연락하지 말아달
라고 오히려 내게 부탁해 왔다. 그 아이들의 가족은 튀르
키예 출신이었는데, 이 상황을 부모님이 알게 되는 걸 굉
장히 걱정하고 있는 듯해 보였다.

  우리를 보고 있던 여자가 그제야 나에게 말을 걸어왔
다. 상관없는 일에 끼어들지 말라고, 그냥 갈 길 가라고.
그래서 나는 저 아이 중 하나가 내 아이와 같은 반이니 그
냥 지나쳐 갈 수는 없다고, 등교 시간이니 피해가 크지 않
으면 그냥 아이들을 학교에 보내주면 안 되겠냐고 부탁했
다. 그랬더니, 여자는 내가 대신 경찰과 얘기를 하고 피해
보상을 해줄 거 아니면 그냥 가라고 소리를 질러댔다. 그
러면서 여기서 당장 떠나라고 소리치더니 권투 경기 링의
심판처럼 갑자기 숫자 10을 셀 테니까 그 시간 안에 여기
서 나가라고 했다. 그러면서 정말 링 위의 심판처럼 소리
를 지르면서 숫자를 세기 시작했는데, 나는 그 모습이 너
무 우스워 웃음을 참지 못하며 한마디 해주었다.

"여긴 공공장소고 아무나 걸어 다닐 수 있는 골목길이야. 당신 집이 아니라고. 숫자를 뭘 위해서 센다는 거야. 당신이 숫자를 세든 말든 내가 있고 싶으면 난 여기에 있을 수 있는 거야."

내 말을 듣고 있던 그 여자는 얼굴이 새빨개지더니 이내 입을 꾹 다물어버렸고, 그 옆에서 엄마의 행동을 보고 있던 대학생 딸은 창피함을 느꼈는지 안절부절못하는 모습이었다. 그리고 그런 나와 그 여자를 보고 있던 아이 둘은 뭔가 통쾌함을 느끼는 듯 보였다. 그렇게 나는 아이들 옆에서 화가 난 표정의 여자를 노려봐주며 함께 서 있다가, 경찰이 올 시간 즈음 전에 그 자리를 떠났다. 어차피 학교에는 늦었고, 학교에 늦을 시간까지 아이들을 붙잡고 있는 저 여자에게 경찰이 좋은 얘기를 하진 않을 거라는 생각이 들었다. 여자가 아이들을 위협할 일은 더 이상 없는 상황이었고, 경찰과 얘기하는 곳에 아이들의 보호자로 끼고 싶은 생각까지는 없었다. 내가 그 아이들의 부모를 부르진 않았지만, 아이들 집이 근처이니, 필요하다면 경찰이 부모를 직접 부를 것이었다.

그날 집에 돌아온 아이에게 같은 반 그 아이에 대해 물어보았는데, 학교에 아홉 시 즈음에 도착했다고 하는 걸 보니, 경찰이 와서 아이들을 바로 학교로 보내준 듯했다. 그날 이후로, 같은 반 그 아이와 형을 길에서 몇 번 마주치고는 했는데, 뭔가 아이들이 나를 보는 눈빛이 달라져 있었다. 부담스러울 정도로 친근하게 눈빛을 보내왔고, 눈이 마주칠 때마다 갑자기 인사를 꼬박꼬박 해 오는 것이었다. 그 형제는 덩치가 굉장히 크고 무뚝뚝한 성격이어서 내 아이는 좀 그 아이들을 부담스러워했고, 같은 반이어도 그 동생 아이와는 별로 친분이 없었다. 그런데 그 아이가 반에서 갑자기 자신에게 친절하게 대하는 게 느껴졌는지, 하루는 아이가 내게 그 친구의 변한 태도에 대해 말을 했다. 결국 나는 아이에게 내가 그날 아침에 그 아이들 옆에 서 있던 일에 대해 말해주었다. 그 무뚝뚝하던 친구가 갑자기 자신에게 친절해진 이유를 알게 된 아이는, 내가 그동안 숨겨왔던 비밀이라도 알게 된 듯 놀라워했다.

동네가 좁으니 그 스쿠터 앞에서 화를 내던 여자를 우연히 슈퍼마켓에서 다시 마주친 적이 있었다. 그 여자는 나를 보더니 놀란 얼굴로 황급히 다른 진열대로 자리를 옮겨 피해 버리는 모습이었다. '그러게… 그날 아침에 숫자를 세질 말지 그랬어요…'라는 말을 속으로 삼키며 나는 고소한 미소를 띤 채 여자의 뒷모습을 바라봐주었다.

할머니 집을
바꿀 수는 없으니

매년 돌아오는 여름휴가는 이 평평한 나라 사람들에게
도 굉장히 중요한 시간이다. 여름휴가를 즐기려고 1년을
살아간다는 농담을 할 정도로, 여름휴가를 위해 1년 동안
돈을 모으고, 일정을 조절하고, 몸과 마음의 에너지를 모
아놓는다. 미리 항공권과 숙박 시설 예약을 해두는 경우도
있고, 캠핑 밴으로 이곳저곳 캠핑 장소를 돌아다니는 경
우도 있으며, 가족 휴양 리조트에 가기도 하는 등, 짧게는
1주에서 길게는 한 달 이상을 여름휴가를 떠나는 게 일반

적이다.

물론 매년 장소를 바꿔 이곳저곳 여행을 하는 네덜란드 사람들도 많지만, 그렇지 않은 사람들도 많다. 매년 여름휴가 때마다 똑같은 장소의 똑같은 숙소로 찾아드는 사람들을 주변에서 꽤 볼 수 있는 것이다. 그곳에 자신들의 여름 별장이 있는 것도 아닌데, 똑같은 숲의 똑같은 호수의 똑같은 호텔을 여름휴가마다 간다고 하니, 처음에는 속으로 의아한 생각이 들었다. 똑같은 도시의 똑같은 여름 해변의 똑같은 민박집을 찾는 그들의 속마음은 무엇일지 궁금해질 때도 있다. 매년 여름마다 친구들과 혹은 가족들과 그렇게 같은 곳을 찾아가 시간을 보내는 것이다. 어차피 여름휴가 장소를 바꾸든 안 바꾸든 쓰게 되는 비용은 별로 차이가 없으니, 비용 때문에 같은 장소를 가는 건 아닐 듯했다. 그냥 그게 편해서, 그곳이 익숙해서, 그곳이 그리워서, 그렇게 매년 같은 곳으로 여름휴가를 간다고 했다. "왜 굳이…"라고 물어보면 이런 대답이 나온다.

"할머니 집을 바꿀 수는 없잖아."

그 사람에게는 그렇게 매년 여름휴가마다 가는 그 장소가 할머니 집과 같다. 그래서 익숙한 듯 편안한 듯 그곳에 여름마다 찾아드는 것이다. 여름휴가 일정을 정할 때마다,

새로운 곳을 물색하고, 숙박 시설 정보를 찾아 예약을 하고, 교통편을 찾아보고, 주변의 관광지나 '맛집'을 찾고… 솔직히 꽤 피곤한 일이긴 하다. 하지만 그 과정들에서 여행의 설렘을 느끼는 것도 맞다.

여행의 목적이 중요한 것이다. 여름휴가의 목적이 휴식이라면, 이미 모든 게 익숙한 곳에 가서 아무런 고민 없이 편안하게 몸과 마음을 가만히 놓아두는 것도 꽤 현명한 방법일 것이고, 매년 같은 곳으로 여름휴가를 떠나는 사람들은 그런 변하지 않는 방법으로 스스로에게 휴식을 선사하는 셈이다.

나도 한번 시도해 보고 싶은데…라는 생각을 하다가, 아이들을 생각해보면 어림없을 일이라 고개를 내젓게 된다. 한곳에 그렇게 묶어두기에 아직 젊은 영혼들은 에너지가 넘쳐나서 하루도 못 버티고 여기저기 돌아다니자고 할 게 뻔하다. 아이들이 없으면…이라는 생각을 하다가 그마저도 관뒀다. 나중에 아이들이 내 곁을 떠나게 되면 휴가를 가야 할 곳을 찾는 대신 할머니 집이 되어줄 준비를 해야 할 것 같기 때문이다. 먼 후의 이야기지만 우선은 그런 생각들을 하며, 나만을 위한 할머니 집에서의 여름휴가는 그 소망을 고이 접어 버킷리스트 안에 넣어 두었다.

졸업식은 뮤지컬

네덜란드의 초등학교는 1학년부터 졸업 학년인 8학년까지 반이 바뀌지 않는다. 학교가 작은 편이라 보통 한 학년에 반이 하나이거나 많게는 세 반 정도가 있다. 대개 한 반에 20명에서 30명 사이의 학생이 있는데, 그 친구들이 초등학교 생활을 내내 함께한다. 선생님은 매년 바뀌지만, 반 친구들은 그대로니 좋으나 싫으나 초등학교의 모든 과정을 함께 헤쳐 나가야 한다. 매년 학년이 바뀔 때마다 새로운 친구들에 적응할 필요가 없고, 단짝 친구와 계속 학교생활을 해나갈 수 있는 장점이 있지만, 새로운 친구를 사귈 기회가 없으니 처음부터 자신이 원하는 방향대로 시작하지 못한 아이들은 그렇게 조금은 밋밋한 학교생활을 이어가게 된다. 사정이 이렇다 보니, 새로 전학을 오는 아이가 있으면 반 아이들 모두가 설레는 감정을 감추지 못한다.

보통 네 살이 되면 초등학교에 첫 등교를 하니, 꼬마일 때부터 10대 청소년이 될 때까지 서로를 보며 자라온 것이고, 그동안 미운 정 고운 정 다 든 친구들은 서로에게 남다른 연대감을 형성하게 된다. 8학년 봄 학기에 상급 학교에 지원하고 졸업 시험을 치른 후 학교 진로가 정해지면, 그때부터 졸업까지는 특별한 교과 과정이 없는 자율 시간이 주어진다. 그리고 이런 자율 시간 동안 아이들은 초등학교 생활 중 가장 중요한 프로젝트를 시작한다. 바로 졸업 뮤지컬이다.

몇 번의 학급 회의를 통해 뮤지컬 대본을 다수결로 선택한 후, 아이들은 각자의 역할을 분담해서 맡는다. 본인의 대사를 열심히 외워 가면서도, 다 같이 무대를 준비하고 노래와 춤을 연습하는 데도 최선을 다한다. 그렇게 몇 달을 함께 연습해서 초등학교 공식 수업 마지막 날 졸업

식 대신 뮤지컬 공연을 한다. 학교 건물 안 중앙에 있는 홀에서 열리는 뮤지컬이기 때문에 무대는 크지 않다. 하지만 아이들이 선생님들과 정성스레 준비한 무대 장식과 소품들은 정성이 들어간 만큼 그 완성도가 뛰어나고, 몇 달을 열심히 연습한 아이들의 연기력도 매우 훌륭하다. 부모님과 친척들 앞에서 노래를 하고 춤을 추는 게 쑥스러운지, 아이들은 뮤지컬 공연을 하면서도 연신 얼굴이 붉어지고는 한다. 그래도 태연스럽게 연기를 하는 아이들을 보며 어른들은 웃고, 손뼉 치고, 환호를 보내준다.

그렇게 성공적으로 뮤지컬 공연을 마치고 나면, 아이들이 다 같이 무대 인사를 하고, 8학년 담임 선생님이 아이들에게 한 명씩 졸업 증서를 수여한다. 이렇게 공적인 행사가 끝나고 나면 간단한 간식을 곁들인 티타임을 가지며 학부모들과 선생님들, 아이들이 서로 인사를 나누고 공식적으로 아이의 초등학교 생활이 끝나게 된 것을 함께 축하한다.

난생처음 얼굴에 분장을 하고 역할에 맞추어 낯선 옷을 입은 아이들은, 그렇게 멋지게 역할들을 소화해 내며 어른들에게 자신들이 얼마나 성장했는지를 당당히 보여준다. 그 모습에 울컥해 눈물을 흘리는 학부모들도 있고, 열렬한

환호와 휘파람으로 자신의 마음을 표현해 내는 학부모들도 있다. 사실 이날은 학부모에게도 매우 특별한 날이다. 초등학교 이후 상급 학교에 가게 되면 초등학교 때처럼 학부모가 아이의 학교생활에 관여할 일이 많지 않다. 상급 학교부터는 아이가 속해 있는 반이 있더라도 그 반을 담당하는 담임 선생님이 없고, 그 대신 학교 교과 과정을 조율해 주는 멘토가 있다. 상급 학교에도 학부모의 날이 매 학년마다 있고, 정기적으로 아이의 멘토와 상담을 하지만, 멘토와 아이가 그리 큰 접점이 없는 만큼 일반적인 학교 과정에 대한 얘기를 형식적으로 나누게 될 뿐이다.

그러니 졸업 뮤지컬의 날은 학부모로서도 자잘한 학교생활 조력자이자 참여자로서의 역할을 졸업하는 날이기도 하다. 그래서 아이들 못지않게 지난 8년 동안 한 반에 속해 있으며 좋고 나쁜 정이 모두 쌓인 학부모들끼리도 서로를 축하하며 마음속 깊은 곳에서 우러나오는 안녕의 인사를 나누는 것이다. 서로 잘해냈다고, 축하한다고, 그리고 앞으로의 안녕과 행복을 기원한다고. 그렇게 그들은 복잡 미묘한 마지막이라는 감정을 악수와 포옹으로 아름답게 마무리한다.

엄마 아빠는 파트너

데칼코마니처럼 벽 한 면을 기준으로 이웃한 두 집이 똑같은 모양을 갖는 집 구조가 네덜란드에서는 흔하다. 벽을 사이에 두고 두 집이 대칭해 있으니, 옆집과 집의 한쪽 면 전체가 붙어 있는 셈이다. 딱 그런 구조를 가진 집으로 이사를 갔던 날이었다. 저녁 시간이 되어서야 짐 정리를 어느 정도 끝낼 수 있었다. 그제야 한숨 돌리며 쉬려던 참이었는데, 딩-동- 현관문 벨 소리가 갑자기 울렸다. 오늘 이사를 와서 집에 올 사람이 없었기에, 우리 가족은 모두 서로를 동그래진 눈으로 바라볼 뿐이었다. 문을 열었더니 어른 둘, 아이 셋이 환한 웃음을 띠고 서 있었다.

이사 온 당일인 데다 집은 아직 정리가 끝나지 않았는데, 그렇게 옆집 가족이 다 함께 우리 집 현관문 앞에 서 있었다. 손님을 맞을 준비가 안 된 상태였기에 솔직히 우리 가족은 모두들 당황스러워하고 있었다. 아직 소파도 도착하지 않았고, 식탁 의자만 있었던지라 앉을 의자도 부족했기 때문이다. 우리가 이사를 하며 퉁탕거리는 소리가 붙어 있는 벽을 타고 들리니, 옆집 사람들이 그냥 앉아서 우리 가족과 인사할 날을 기다리기가 힘들었던 거라고 이해하기로 했다. 그래서 우리는 그 가족을 환한 미소와 함께 환영해 주었다.

그렇게 우리 집에 들어온 가족에게 의자를 권하고 몇몇은 선 채로 서로의 이름을 교환하고 동네에 대한 이런저런 얘기를 나누었다. 우리 가족이 어떻게 형성되어 여기까지 흘러들게 되었는지 등의 얘기를 하던 중이었는데, 열한 살이라는 그 집의 아들이 뜬금없는 말을 꺼내서 우리를 모두 얼어붙게 만들었다.

"우리 엄마, 아빠도 빨리 결혼식을 올려야 될 텐데. 우리 엄마, 아빠는 아직 파트너거든요."

이 말을 듣고 있던 나와 남편의 표정이 어땠을지는 잘 모르겠지만, 그런 우리의 얼굴을 보고 있던 옆집 남자가 당황한 미소를 지으며 황급히 말을 덧붙여 왔다.

"아, 우린 대학 때 만나서 줄곧 함께 지내고 있어요. 애들 엄마와 나는 서로에게 파트너예요. 아이들이 이제 자신들도 다 자랐으니 엄마, 아빠가 결혼식을 올리면 좋겠다고 재촉을 해대서 지금 결혼식을 올리려 준비 중이거든요, 그래서 저런 얘길 하는 거예요."

남자는 학교 선생님이고, 여자는 종합 병원에서 행정직으로 근무를 한다고 했다. 애를 셋을 낳는 동안 결혼식을 안 올리고 살고 있다고 하면, 그리고 그런 얘기를 10대인 아들이 새로 이사 온 이웃에게 아무런 망설임 없이 얘기를 한다면, 보통 사람들이 그 얘길 들으며 어떤 표정을 지을지 솔직히 잘 모르겠다.

그 얘길 듣고 있던 내 표정이 어땠을지도 솔직히 좀 자신이 없다. 어떻게 반응을 하면 좋을지 몰라 많이 당황했기 때문이다. 처음 이 평평한 나라에 왔을 때, 꽤 한동안 나는 파트너라는 개념을 이해하지 못했다. 예전에 아이 어린이집에서 만난 아이 친구의 부모가 자신들을 서로의 파트너라고 우리에게 소개했을 때, 나는 동그래진 눈으로

"응? 파트너?"라고 되물었고 그 사람들은 다시 한 번 "응, 우린 서로에게 파트너야…"라고 대답해 주었다. 하지만, 난 그 대화의 끝까지 저 사람들이 말하는 파트너의 개념을 이해하지 못했고, 집에 돌아와서 남편과 이야기를 하던 중 그 개념을 비로소 이해했던 적이 있다. 이 나라에서는 혼인 신고 대신 파트너로 서로를 등록할 수 있다는 것을 알게 된 건 그 후로도 한참 후였다.

그 집에서 3년을 그 가족과 이웃으로 지냈는데, 그동안에도 그 파트너 커플은 결혼식을 올리지는 않았다. 그래도 늘 행복하고 건강하게 잘 살아가는 듯했고, 아이들은 무럭무럭 잘 자랐고, 남자와 여자는 늘 행복해 보였다. 이제는 사고가 조금 유연해진 나는, 결혼식이 뭐 대수인가… 혼인 신고가 뭐 중요한가…라는 생각을 한다. 예전의 내가 지금의 나와 같았다면, 나도 결혼식을 올리지 않았을지도 모르겠다. 알맹이가 중요한 거지, 껍질이야 뭐 그리 중요할 게 있다고.

돈에 인색하다는
오해와 변명

네덜란드에서는 계좌에 현금을 남겨 두면 얻게 되는 장점이 별로 없다. 한동안 은행 계좌에 일정 금액 이상의 현금이 있으면 오히려 수수료를 내야 했던 적도 있었다. 다행스럽게도 현재는 이 정책을 철회하고 은행들이 예금 이자를 미미하게나마 다시 지불하고 있다.

연말에 세금을 신고할 때 계좌에 있는 어느 정도 이상의 현금에 대해서도 세금을 내야 하기 때문에, 은행 계좌에 현금을 많이 남겨 두면 손해라는 생각을 하게 되는 것이다. 그래서 큼직큼직한 소비를 하기도 하고 투자를 하기도 해서 수중에 현금을 남겨 두지 않는 것을 선호한다. 집을 살 때 정기적인 소득이 있는 사람들은 별 무리 없이 집구매 금액만큼 대출을 받을 수 있고, 인테리어나 집 보수 공사 비용까지 합해서 집 가격 이상의 금액을 대출받을 수도 있다. 그렇기 때문에, 집 대출 비용을 상환하기 위해 월급의 대부분을 쓰기도 하고, 전세가 없는 이곳에서는 매달 월세 비용도 지출의 큰 비중을 차지한다.

학교에서 학교 여행 비용이나 학교 운영 기금 등 금액이 다소 큰 금액을 지불하도록 요청할 때는, 일반적으로 한 번에 지불하는 선택 사항 외에, 두세 번에 나눠서 지불할 수 있는 선택 사항을 준다. 학교 외에도 스포츠나 음악 레슨도 마찬가지다. 수중에 현금을 남겨 두지 않는 사람들이 많기 때문에, 미리 예상하지 않았던 지출을 준비할 여력이 없는 사람들을 배려하는 것이고, 그렇게 사람들은 몇 달에 걸쳐 월급에서 그 비용을 충당해서 지불을 한다.

이렇게 돈을 깐깐한 듯 꼼꼼히 사용하는 버릇 때문인지, 이 평평한 나라의 사람들은 일반적으로 돈에 인색하고 돈을 너무 아껴 사용한다는 평가를 받고는 한다. 이건 맞는 말일 수도 있고, 그에 대한 변명을 보면 또 그게 굉장히 논리적이고 타당해서, 그런 평가가 오해라고 말할 수 있게 도 되는 것이다. '네가 식사비를 내면, 내가 커피를 살게…' 같은 논리가 받아들여지지 않는 곳이다. 함께 뭔가를 하게 되면, 한 사람이 전체의 비용을 부담하는 것이 아니라, 함 께한 모든 사람들이 각자 자신의 비용을 부담하는 게 당 연하게 여겨지는 곳이다. 이건 회사 상사와 부하, 연인 사 이, 친구 사이, 그리고 가끔은 부모와 자식 사이에서도 해당 되는 얘기다. 예컨대 남녀가 레스토랑에 가서 남자는 20 유로, 여자는 26유로 식사를 했다면, 남자는 20유로를 내 고 여자는 26유로를 내는 걸 자연스럽게 받아들인다. 야박 하고 인색해 보일 수 있지만, 그렇게 각자 비용을 계산하 고 깔끔히 정리하는 걸 편리하다고 생각한다.

하루는 아이가 친구들과 영화를 보고 집에 돌아왔는데, 난감한 일이 생겼다며 근심 어린 표정을 지어 보였다. 난 혹시 영화관에서 무슨 일이 있었나 싶어 지레 겁을 먹고 그 근심거리에 대해 심각히 물어봤는데, 아이의 설명을 듣 고 허무한 웃음을 지을 수밖에 없었다. 친구들끼리 다 같 이 팝콘을 사고 젤리를 사서 나눠 먹었는데, 그 모든 비용 을 친구 중 한 명이 카드로 계산을 했고, 나중에 그 친구에 게 똑같이 나눈 비용을 친구들이 각자 송금해 주기로 했다는 것이었다. 그래 봤자 몇 유로 정도 되려나. 그런데, 집에 돌아와서 송금을 하려고 계좌를 물어봤는데, 그 친구의 엄마가 괜찮다고 했다며, 그 친구가 모든 비용을 내겠다고 했다는 것이다. 그래서 이 난감한 상황을 어떻게 해결해야 할지 몰라 아이는 무척 걱정을 하고 있었다. 자신이 사용한 비용은 스스로 내는 것에 익숙해져 있는 아이에게 친구 한 명이 모든 비용을 다 내게 된 건, 삶의 방식을 뒤흔드는 엄청난 사건이라도 되는 듯 보였다.

그렇게 비용을 다 대겠다고 나선 친구의 엄마는 스페인 사람이고, 그 엄마의 입장에서는 매정하게 친구들끼리 돈을 똑같이 나눠서 내는 것을 절대 받아들일 수 없다고 말했다는 게 그 뒷얘기였다. 난 아이의 이런 심각한 고민을 단번에 해결해 주었다. 그 엄마가 그렇게 스페인식으로 말해 왔으니, 우리도 우리의 방식으로 갚아주면 된다고. 빠른 시일 안에 그 친구와 약속을 다시 만들어, 네가 다음번 쓰게 되는 비용을 전부 내면 된다고 아이에게 말해주었던 것이다.

"아, 그런 방법도 있구나…" 하면서 그제야 아이의 얼굴이 환해졌다. 딱딱 모든 걸 정확히 나눠서 부담하는 게 언제나 통하는 건 아니라는 걸 인생에서 처음 터득한 표정이었다.

자전거로 떠나는
초등학교 졸업 여행

네덜란드는 땅이 평평하니 자전거를 타기에 참 좋은 나라다. 전국의 어디든 자전거를 타고 갈 수 있고, 대부분의 지역에 자전거 도로가 놓여 있다. 그래서 자전거를 정말 많이 탄다. 여기저기 자전거를 자주 타고 다니니, 자전거는 이 나라 사람들에게 정말 중요한 물건이다. 집집마다 가족 수대로 자전거를 가지고 있고, 자전거를 보관하는 창고는 집을 마련할 때 중요하게 고려해야 하는 공간 중 하나이다. 어렸을 때부터 자전거 타기를 배우고, 학교에서 자전거를 수리하는 법을 가르쳐준다.

아이들이 어느 정도 크면 혼자 자전거를 타고 친구 집에 가거나, 스포츠나 음악 레슨을 받으러 가기 시작하는데, 이게 아이들이 자연스럽게 독립해 가는 과정 중 하나처럼 여겨진다. 부모가 아이를 데려다주거나 데려오는 대신, 아이가 혼자 자전거를 타고 여기저기 필요한 장소에 돌아다닐 수 있게 되면, 아… 아이가 드디어 다 컸구나…라는 생각에 뿌듯함과 서운함을 동시에 느끼기도 한다.

네덜란드 초등학교는 8학년제로 되어 있고, 그중 7학년이 되면 학교에서 자전거 시험을 보는데, 이 시험을 통과하면 자전거 시험 합격 증서를 받는다. 이 시험을 통과해야 초등학교를 졸업할 수 있다는 무시무시한 소문도 돌고는 한다. 실제로 7학년에서 치러지는 자전거 시험을 통과하지 못한 아이는 8학년에 올라갔을 때, 다른 7학년 아이들과 함께 재시험을 봐야 한다. 그런 굴욕(?)적인 경험을 하고 싶지 않아서인지, 자전거 시험에 임하는 아이들의 자세는 학교 교과 시험을 대할 때와는 비교도 안 되게 비장하고 긴장된 기운이 감돈다. 초등학교는 대부분 집 근처에 있지만, 그 이후 학교부터는 꽤 거리가 멀어지고, 아이들은 혼자 자전거를 타고 학교를 오가게 되기 때문에, 자전거를 타고 안전하게 도로를 이용할 줄 아는 것을 매우 중요하게 여긴다.

초등학교의 마지막 학년인 8학년이 되면 졸업을 하기 전에 4박 5일 일정의 졸업 여행을 가는데, 이 졸업 여행을 반 아이들과 선생님들, 진행 보조를 지원한 학부모들이 함께 자전거를 타고 간다. 그리 먼 곳으로 가는 건 아니지만, 그 거리가 자전거로 몇 시간은 달려야 도착하는 거리이니, 아직은 어린 아이들에게는 꽤 긴장되는 기나긴 여정이고, 인생에서 새로운 경험을 해보는 기회이기도 하다. 침낭, 베개 및 아이들의 여행 짐들은 미리 학부모들이 차로 목적지에 실어 나르고, 아이들은 가방에 샌드위치와 음료수, 절대 잊으면 안 되는 캔디와 젤리 등을 넣고 길을 나선다.

대여섯 명이 무리를 이루고 두 명의 어른과 동행해 길을 나서는데, 이 졸업 여행에는 스마트폰이나 다른 전자기기들은 가져오지 못하게 하기 때문에, 이 여정에서 아이들은 미리 학교에서 나눠 준 이정표 목록을 보고 길을 찾아가야 한다. 자전거 도로는 보통 일직선으로 길게 연결되어 있고, 동행한 선생님이나 어른의 도움을 받아 그리 어렵지 않게 길을 찾기도 하지만, 가끔 그중의 몇 무리는 길을 헤매고 빙빙 돌아 목적지에 도착하는 모험을 경험하기도 한다.

졸업 여행의 목적지는 주로 변두리 지역에 있는 농장에 딸려 있는 캠핑 시설이다. 큰 방 하나에 몇십 개의 이층 침대가 놓여 있는 시설이 대부분이며, 아이들은 자신이 가져간 베개와 침낭을 그 위에 두고 잠을 잔다. 들판에 텐트를 치고, 캠프파이어를 하고, 늦은 밤 보물찾기를 하거나 게임 및 댄스파티 등을 하며 아이들은 정신없이 유쾌한 시간을 즐기다 온다.

며칠 동안 거의 잠을 자지 않고 그런 활동들을 신나게 즐기다 오기 때문에, 여행에서 돌아오는 날 몇 시간을 다시 자전거를 타고 학교에 도착해 들어오는 아이들의 모습은 정말 몰골이 말이 아니다. 덥수룩한 머리에 씻지도 않았는지 대부분의 아이들이 꾀죄죄한 모습이다. 그리고 다들 눈은 반쯤 감겨 있고 옷에는 땀 냄새가 잔뜩 배어 있다. 그 모습을 보며 학부모들은 기쁜 마음과 함께 뭔가 먹먹한 감정을 느끼게 된다. 아이들이 무사히 자전거 여행을 잘 마치고 돌아와줘서, 그리고 그렇게 한 뼘쯤 더 성장해 돌아온 아이들이 기특해서 여러 교차하는 감정을 느끼게 되기 때문이다.

이런 졸업 여행을 마치고 돌아온 아이들은 이젠 몇십

킬로미터 자전거 여정쯤은 일도 아니라는 듯, 언제든지 어디로든 떠날 준비가 된 것처럼 보인다. 혼자 오롯이 세상을 헤쳐 나갈 수 있게 되었다는 듯, 그 출발선을 이미 뛰어 넘었다는 듯, 그 모습이 단단해지고 여물게 되는 것이다.

손재주가 생기는
신기한 나라

　내 머리카락을 내가 직접 손질하게 될 거라는 생각을
네덜란드에 오기 전에는 한 번도 해본 적이 없었다. 하지
만 결과적으로는 이곳에서 생활하는 동안, 개인적 취향과
심적인 편안함을 우선시한 내 스스로의 선택에 의해, 내
머리카락을 내가 손질하고 염색도 직접 해보게 되었다. 열
번도 넘게 본 정말 좋아하는 영화가 있는데, 그 영화에서
는 여자 주인공이 남자 주인공과 사건에 휘말려 도피 중,
남자 주인공의 도움을 받아 여자 주인공이 머리카락을 자

르고 염색을 하는 장면이 나온다. 나는 그 영화를 볼 때마다 음… 괜찮네, 나도 뭐 저 여자 주인공이랑 다를 게 없네… 라는 생각을 해보고는 한다, 물론 상황이 전혀 다르긴 하지만.

당연히 이곳에도 좋은 헤어 숍이 많으며, 우리 동네 쇼핑 지역에만 네다섯 개의 헤어 숍이 있다. 하지만, 내 개인적 경험들이 그곳에 발을 들이길 망설이게 한다. 나와 같은 머릿결을 가진 아시아인의 머리를 처음 만져보는 미용사가 내 머리카락을 손질하며 당황해한 적도 있었고, 물을 잔뜩 뿌리고 그냥 일자로 머리를 자른 후 다 됐다고 말한 미용사도 있었다. 네덜란드에도 물론 실력이 훌륭한 헤어 숍이 많고, 일반적으로 네덜란드인들은 그 헤어 숍들을 잘 이용하고 있다. 하지만 보통 아시아인들은 굵고 강한 머릿결을 가지고 있는 것과 달리, 일반적으로 유럽인들의 머릿결은 얇고 힘이 없는 편이다. 평소 다뤄보지 못한 머릿결을 다루려니 그들도 나름의 고충이 있을 것이었다. 안타깝게도 나는 몇 번의 헤어 숍 방문에서 만족스러움을 느낀 적이 없었고, 결국은 직접 머리 손질을 해보기로 마음먹게 되었다. 네덜란드인의 머릿결과 내 머릿결이 다를 테고, 그 머릿결을 손질하는 방법이 다를 것이기에, 네덜란드인들의 머릿결을 손질하는 데 익숙한 이곳의 헤어 숍에서 내 머리를 익숙한 손길로 손질하기는 어려울 거라는 건 이해한다. 그럼에도 불구하고, 만족스럽지 않은 머리 상태를 얻으려고 그렇게 오랜 시간과 비싼 비용을 써서 헤어 컷을 받고, 헤어 컷 이후 샴푸 비용과 드라이 비용까지 추가적으로 내다 보면, 뭔가 석연치 않고 은근히 기분이 안 좋아진다. 이런 상황이다 보니, 자연스럽게 헤어 숍에 가지 않게 되었고, 집에서 직접 머리를 손질해보게 된 것이다.

내가 헤어 숍에 안 가니 남편도 헤어 숍을 가길 꺼리게 되어 자연스럽게 남편의 머리 손질도 내 담당이 되었다. 처음에는 정말 엉망진창이었다. 헤어 컷에 관심도 없고 기술도 없는 내가 갑자기 남자의 짧은 헤어스타일 컷을 하려니, 처음부터 잘될 수가 없었다. 그렇게 울며 겨자 먹기로 남편의 머리 손질을 해주다 보니, 어느덧 요령이 생겨 이제는 평범히 봐줄 만할 정도의 모양을 낼 수 있게 되었다. 이러다 보니 아이들의 머리도 내가 손질을 하게 되었고, 아이들은 태어나서 한 번도 헤어 숍에 가본 적이 없다는 걸로 투정을 부릴 정도가 되었다. 그래서 다른 나라에 여행을 갔을 때 일부러 아이들을 데리고 헤어 숍에 머리를 손질하러 간 적이 있을 정도였다. 그때 헤어 숍에서의 경험이 지루하고 어색했는지, 그 후로는 헤어 숍에 가보고 싶다는 얘기가 쏙 들어갔다.

코로나19 팬데믹 동안 아이가 학교에 가지 못하고 영상 수업을 받을 때였다. 하루는 아이의 머리가 너무 덥수룩하기에 깔끔히 잘라준 적이 있었다. 그렇게 말끔해진 머리로 영상 수업에 참여한 아이에게, 선생님이 놀란 목소리로 어떻게 머리를 잘랐냐고 물은 적이 있었다. 팬데믹 동안 모든 헤어 숍이 문을 닫아서, 덥수룩한 네덜란드 총리의 머리가 화제가 되던 시기였고, 반 아이들의 머리도 대부분 덥수룩하던 시절이었다. 아이가 집에서 엄마가 머리를 잘라주었으며, 자신은 늘 머리를 집에서 자른다고 대답을 하니, 선생님은 내가 그런 유용한 기술을 갖고 있다는 것에 굉장히 놀라워했다. 대단치 않은 모양새로 머리를 손질해 줬을 뿐인데, 그런 소리를 듣게 돼서 나는 그날 굉장히 쑥스러웠다.

이제는 가끔 귀찮은 생각도 들어 제발 헤어 숍에 가서 머리를 자르라고 가족들에게 말하기도 한다. 하지만 같은 반 아이가 헤어 숍에 갔다가 실수로 뒤통수에 크게 일자로 선이 그어진 걸 본 후로, 아이는 자신은 헤어 숍에 절대 가고 싶지 않다고 선언을 해버렸다. 그건 단지 실수였겠지만, 그날 반 아이들 모두 그 실수로 변해 버린 헤어스타일에 경악을 금치 못했다고 했다. 실수를 오랫동안 남겨둘 세월이란 없는 것이니, 시간이 조금 지난 후 그 아이의 머리에 남겨졌던 실수도 없어졌겠지만, 그 모습을 머릿속에 간직한 아이는 이미 헤어 숍에 대한 고정 관념이라도 생긴 듯했다.

이렇게 나는 비자발적으로 머리를 손질하는 일을 맡게 되었고, 그 일을 하는 기간은 그 끝이 명확하지 않다. 내 인생에서 또 다른 의미의 역할과 책임을 너무나도 갑작스럽게, 정말 비자발적으로 맡게 된 셈이다.

서비스를 돈을 내고도 쉽게 얻지 못하는 나라라는 말을 종종 한다. 돈을 내더라도 받게 되는 그 서비스의 질이 만족스럽지 않거나, 돈을 내겠다고 해도 서비스를 제공할 인력이 부족하거나, 그 서비스를 받으려고 기다려야 되는 시간이 터무니없이 길기 때문이다. 그래서 그런 서비스를 받기를 아예 포기하고 스스로 그 일을 하게 되는 경우가 많다. 집에 페인트를 직접 칠하고, 창고를 직접 짓고, 자전거를 직접 고치며, 인테리어를 직접 바꾼다. 그리고 나처럼 집에서 직접 머리를 손질하는 사람들도 꽤 되기에, 전자 기기 상점에서 셀프 헤어 장비들이 꾸준히 인기리에 팔린다. 셀프로 삶에 필요한 것들을 스스로 하기 시작하다 보니, 뜻하지 않게 흥미를 얻어 새로운 취미 생활을 시작하거나, 숨은 재주를 찾아 진로를 바꾸는 사람들도 있다.

　이 평평한 나라에서 살아가다 보니, 이렇게 비자발적으로 머리를 직접 손질하게 되고, 집 페인트를 손수 칠하거나 욕실 인테리어까지 스스로 바꾸게 되었다. 이렇게 비자발적으로 삶을 살아가는 재주가 하나씩 늘어가는 것이 즐거울 때도 있지만, 간편히 서비스를 제공받아 손 하나 움직이지 않고 편하게 지내는 삶이 그리워질 때도 있다. 지구는 둥글고 그 안에서의 삶은 함께 돌아가니, 어느 쪽이 위이고 어느 쪽이 아래라고 말할 수는 없다. 그러니 그저 위가 아래고, 아래가 위인 것처럼 받아들이면서 살아갈 뿐이다.

교육 때문에

일요일 아침 잠이 덜 깬 상태로 소파에 앉아 있는데, 갑자기 남편이 내 이름을 다급히 부르는 소리가 밖에서 들려왔다. 문을 열고 나가보니 남편이 회사 동료와 그 아내를 데리고 대문 안으로 이미 걸어 들어오는 중이었다. 남편이 집 앞에서 차를 정리하고 있었는데, 마침 그 앞을 지나가던 두 사람과 마주쳤고, 남편은 그 사람들에게 차를 한잔 마시고 가라고 권한 것이었다.

그 부부는 우리 집에서 몇 블록 떨어진 곳에 집을 구해 이사를 왔는데, 지난 몇 개월 동안 집 보수 공사를 열심히 해왔다는 얘기는 이미 전해 들은 적이 있는 사람들이었다. 보수 공사는 여전히 진행 중이고, 그 집의 남편이 오늘은 직접 부엌에 선반을 설치할 예정이라고 했다. 그 부부는 집의 자잘한 보수 공사를 직접 해나가고 있었고, 넓은 정원을 정리하고 실내 인테리어를 손보는 일을 계속해 가는 고충에 대해 얘기를 하고 있었다. 우리의 상황도 별로 다를 게 없기에 그렇게 서로를 위로해 주며 이런저런 사는 얘기를 이어갔다.

남편은 네덜란드인이고 아내는 미국인으로, 이미 그 부부는 홍콩, 중국, 미국, 싱가포르 등 다양한 곳에서 아이들을 학교에 보내며 생활한 경험이 있는 사람들이었다. 그러면서 하는 말이 결국 아이들 교육 때문에 네덜란드에 있기로 결정했다는 것이었다. 응? 싶어서 되물으니, 그 아내가 내가 되묻는 이유를 알겠다는 듯이 웃으며 설명을 덧붙였다. 여기서는 아이들이 편하니 굳이 다른 나라에 가서 아이들이 경쟁하며 힘들게 학교생활을 하게 하고 싶지 않아서, 이곳에서 아이들이 교육을 마칠 때까지 머물기로 했다는 것이었다. 소위 말하는 엘리트 교육을 위해서가 아니라, 아이들이 편하게 학교생활을 할 수 있게 해주고 싶어서가 그 이유였다.

아… 그제야 그 아내의 '교육 때문에'라는 말이 이해가 되었다. 더 많은 양의 지식을 경쟁적으로 익히는 교육을 위해서가 아니라 경쟁이 치열하지 않은 환경에서 아이들이 학교생활을 할 수 있도록 이곳에 남기로 했다는 그 말이 우리의 상황과도 일치했기 때문이다. 숙제와 사교육이 거의 없으니 초등학교 생활이 편한 것을 의미하는 것이고, 상급 학교의 경우에도 성적 경쟁이 치열한 다른 나라의 학습량 및 과제량에 비해 그 부담이 비교적 적을 수 있음을 염두에 둔 말이었다. 개인적으로 야망이 있는 학생들은 학교 성적을 관리하려 스스로 학습량을 늘리는 등의 노력을 하겠지만, 낙제를 하지 않는 이상, 보통은 성적이 나쁜 것으로 인해 학교생활이 괴로워질 일은 거의 없다. 네덜란드는 대학이 서열화되어 있지 않으니, 대학 입시 경쟁이 치열한 다른 나라들처럼, 일반적으로 학생들이 좋은 학교에 가기 위해 성적 스트레스에 짓눌려 생활하는 분위기가 아니다. 그러니 아이들이 편하게 학교를 다니게 한다는 말이 어느 정도는 이해가 되는 상황인 것이다.

그 아내는 자신이 경험해 본 다른 나라의 교육 과정에 비해 비교적 자율적인 이곳 학교의 교과 과정이 마음에

든다고 했다. 그래서 아이들이 굳이 치열하게 경쟁을 하는 대신 자신의 적성에 맞춰, 대학 또는 직업 학교 등 다양한 진로를 준비하며 학교를 다니는 게 더 중요하다고 생각이 돼서 이곳에 남기로 했다는 것이었다. 우리 가족이 처음 이 평평한 나라에 온 후로 만났던 수많은 외국인 가족들 중에, 지금까지 이곳에 남아 있는 가족은 거의 없다. 아이가 있는 사람들은 대부분 교육 때문에 다른 나라로 떠나간 경우가 많았다. 이곳에서 비교적 여유롭게 공부를 하다가 나중에 자신들의 나라로 돌아갔을 때 경쟁에서 뒤처지게 될 수 있다는 걱정을 하며 아이들이 고학년이 되기 전에 이 나라를 떠나기도 했고, 영어가 주 생활권인 나라로 아이의 미래를 위해 옮겨 가기로 한 가족들도 있었다.

아이의 교육은 부모에게는 언제나 난제이며 딜레마다. 내가 내린 결정이 다른 누군가의 인생을 좌지우지할 수도 있는 문제이기 때문에, 그 과정에서 느끼게 되는 부담감이란 실로 어마어마하다. 가끔 농담조로 우리 부부는 아이들의 편안한 학교생활을 위해서, 우리의 편안한 일상생활을 포기하고 이 평평한 나라에 남아서 살아간다는 말을 하고는 한다. 이런 우리의 마음을 알아달라고 생색을 내보는 것이다.

그렇다고 이곳 학교에서도 모든 걸 다 경쟁적이지 않게 가르치는 건 아니다. 이 나라의 교육 과정에서 중요시하는 것들 중 눈에 띄는 게 하나 있는데, 바로 말하기이다. 늘 말로 표현하고 발표하는 것에 익숙해지도록 아이들을 지속적으로 장려하고, 매 학년마다 몇 번의 발표 과제를 주어, 아이 스스로 주제를 정해 발표 자료를 만들어 반 친구들 앞에서 발표를 하는 연습을 꾸준히 시킨다. 그래서 이 평평한 나라의 사람들은 어딜 가나 누구 앞에서든 말을 참 잘한다. 그러니 학교에서 주입식으로 많은 양의 지식을 배우지 않아도, 어디를 가서도 자신감 있는 표정과 말투로 당당히 말을 할 수 있으니, 그게 또 사회생활에서는 얄팍한 지식보다도 더 도움이 되기도 한다. 아이들에게 오늘 학교에서 뭘 했냐고 물어보면, 늘 대답이 같다. 학교에서 말만 하다가 왔다고. 그래서 학교를 갔다 오면 입이 아프다고. 그러면 나는 손이 안 아프고 입이 아프니 됐다 싶어 그냥 한 번 웃고 말게 된다.

얼굴과 얼굴 사이
10센티미터

남편이 한 모임에 초대되어 함께 간 날이었다. 모임을 계획한 사람의 집에서 열린 그리 크지 않은 모임이었지만, 거실의 온화한 분위기에 감싸여 여기저기 서서 얘기를 나누는 사람들의 열기는 이미 그곳을 가득 채우고 있었다. 그리고 그 모임에서 나는 B와 K 커플을 만났다. B는 프랑스인이었고, K는 독일인이었는데, 그들은 꽤 오래 관계를 유지해 온 동성 커플이었다. B는 항공우주 관련 분야에서 일을 한다고 했고, K는 대학 교수라고 했다.

K는 차분한 듯 조용한 미소를 은은히 띤 채 조곤조곤 말을 이어가는 스타일이었고, 한마디씩 진중하게 말을 하는 사람이었다. B는 굉장히 유쾌한 성격이었고, 얼굴에 환한 웃음을 띠며 소곤대듯 말을 하는 스타일이었는데, 그 사람이 하는 말의 의미가 얼굴에 희로애락으로 그대로 나타나듯 표정이 변하는 모습을 보는 것만으로도 재미를 느끼게 해주는 사람이었다.

　그렇게 두 사람과 얘기를 하고 있었는데, B가 개인적인 버릇인지 말을 할 때마다 조금씩 얼굴을 가까이 붙여 오는 게 느껴졌다. 그 거리가 거의 얼굴과 얼굴 사이가 가까워져 그 사람 눈의 동공이 뚜렷이 보일 정도였다. 얘기를 하며 자연스럽게 내가 한 발자국 뒤로 조금 물러나면, B는 한 발자국 다시 앞으로 다가서는 식으로 그렇게 몇 발자국 뒤로 밀리는 상황이 되고 있었다.

　난 당황스러웠지만, 옆에서 우리를 보며 함께 대화하고 있는 K나 내 남편은 둘 다 자연스러워 보이기에, 나도 당황스러운 마음을 최대한 숨기고 태연한 척하려 노력했다. K나 남편은 이미 이런 B의 대화할 때 나오는 버릇에 익숙한 듯 보였다. 그렇다고 이성적인 느낌의 행동으로 오해를 할 분위기도 전혀 아니었다. 이전에도 B처럼 얼굴을 바짝

붙이고 얘기하는 사람들을 종종 본 적이 있기에, 그저 B의 개인적인 대화 습관일 수도 있다고 생각했고, 주변이 소란스러우니 대화 내용이 잘 안 들려 그럴 수도 있으려니 했을 뿐이다.

그렇게 대화를 이어가다, 이번에는 B가 남편과 가까이 서서 얘기를 하기 시작했다. B가 나와 그랬던 것처럼, 남편과 B의 얼굴과 얼굴 사이가 10센티미터 정도 된 듯싶었을 때, 나는 나도 모르게 남편의 셔츠 뒤편을 살짝 잡아당겼고, 그렇게 중심을 잃듯이 남편은 한 걸음 뒤로 물러났었다. B와 나의 얼굴과 얼굴 사이가 10센티미터인 것은 그 누구의 감정도 동요하게 만들지 않았지만, B와 남편의 얼굴과 얼굴 사이의 10센티미터는 내 본능적인 움직임을 이끌어 낸 것이었다. 지금 생각해보면 그런 내 행동에 웃음밖에 안 나오지만, 그때 당시의 나는 꽤 민첩하게 본능적인 반응을 무의식적으로 보이고 말았다.

이 평평한 나라에서는 동성 커플도 다른 커플들처럼 동등한 자격을 가질 수 있다. 그들이 원한다면 파트너로 서로를 등록하거나 혼인 신고도 할 수 있고, 아이를 입양할 수도 있으며, 그렇게 공식적으로 가족 등록도 할 수 있다. 무지개색 스티커나 플래그로 각 기관이나 도시에서 그들을 지지하는 날을 기념하기도 한다.

그 모임 후에도 B와 K 커플 얘기는 종종 남편을 통해 전해 듣고는 한다. 두 사람은 꽤 오래전에 두 아이를 입양했고, 아이들이 무럭무럭 잘 자라는 만큼 두 사람도 여전히 행복하게 잘 지낸다고 한다. 남편은 모임에서 여전히 그 둘을 가끔 만나고는 하는데, 이제는 내 본능이 좀 무뎌졌는지, 그 커플을 생각하면 이제는 얼굴과 얼굴 사이 10센티미터보다는, B의 얼굴에 다양하게 나타나던 희로애락의 표정만 생각이 나서 유쾌한 미소가 자연스럽게 떠오를 따름이다.

설탕이 뭉쳐 오른 듯 달콤하고

알싸하게 퍼진 듯 쌉싸름하고

시큼함이 섞인 향을 맡으며

저녁 산책을 하다 보면

콧노래가 저절로 나올

저녁 냄새, 겨울 냄새, 쿠키 냄새

제3부

날씨에 민감한 기차

    함박눈이 쏟아지는 이른 저녁이었다. 기차역 플랫폼에
는 함박눈을 맞으며 듬성듬성 서 있는 사람들이 몇 명 있
을 뿐이었다. 그리고 나 역시 그곳에 서 있었다. 기차가 지
연되고 있었다. 늦은 퇴근길이었고, 갈 길은 아직 멀었다.
함박눈은 속절없이 쏟아지고 있었고, 차가운 공기에 코가
얼어붙는 듯했다. 기차가 30분이 지연된다고 했지만, 그
렇게 또 다른 10분이, 20분이 지연되는 건 으레 있는 일
이니, 정확히 기차가 언제쯤 도착할지는 아무도 모를 일이

었다.

그런데 그런 상황 속에서도 함박눈이 폴폴 내리고 있는 기차역의 풍경은 비현실적으로 아름다웠다. 옅은 갈색의 철제로 지어진 오래된 기차역의 플랫폼은 세상이 모두 잠든 듯 고요했다. 은은히 따스한 빛을 쏟아내는 플랫폼의 가로등들은 몸체의 굴곡진 곡선에서 완연한 우아함을 뽐내고 있었다. 가로등의 황금빛이 부드럽게 내려앉아가는 함박눈을 비추는 모습이 보드랍게 내 마음을 훑어내는 듯한 기분이 들었다.

그런 모습을 보고 있자니 기차가 늦어져서, 그리고 온몸이 얼어붙게 찬바람이 불어서, 불끈불끈 화가 솟아오르던 마음이 어느새 잔잔한 호숫가처럼 조용해지는 게 느껴졌다. 마법 같은 일이었다. 이런 아름다운 풍경을 보고 있으면서 이렇게 혼자 화를 내봤자…라는 생각이 들었던 것도 같다. 그저 그렇게 있어야 된다면, 그저 그렇게 온 세상이 하얗게 변한 듯한 아름다움이라도 즐겨보자 싶은 마음이었을지도 모른다.

어차피 내가 안달복달해봤자 기차는 늦게 올 것이었다. 비가 조금만 많이 와도, 눈이 조금만 많이 내려도, 바람이 조금만 많이 불어도, 신기하리만치 예민한 이 평평한 나라의 기차는 약속을 어긴다. 늦게 오거나 아예 나타나지를 않는다.

한여름 뜨거운 햇살이 쨍쨍 내리쬐는 곳에서 사람들과 뒤섞인 채 오지 않는 기차를 기다리고 있었다면, 약속을 어겨대는 기차를 그리 여유로운 마음으로 너그럽게 대해주지는 못했을 것이다. 그날 그 저녁의 함박눈이 고요하게 내리는 풍경이 너무 아름다워서, 플랫폼의 가로등에서 쏟아져 나오는 황금빛이 너무 보드라워서, 그 저녁에 약속을 어겨대던 기차를 그렇게 마법처럼 너그럽게 기다려준 것 같다. 그 저녁에 나는 결국 기차를 만나기는 했다. 두 시간이나 기다린 후였다. 마침내 기차에 오른 내 얼굴엔 그래도 뭔가에 홀린 듯 행복한 미소가 가득 지어져 있었다.

음식을 당신에게
나눠 준다는
의미

하루는 동료와 아침에 티타임을 가지고 있었는데, 그 동료는 좀 화가 나는 일이 있었다며 곧 자신의 옆집 사람들 얘기를 하기 시작했다. 어제 자신의 이웃이 정원에서 바비큐 파티를 하고 있었는데, 꽤 친한 이웃이라고 생각하고 있었음에도 불구하고, 연기와 냄새만 풍기고 낮은 담장 건너편에 앉아 있는 자신에게 그 바비큐 음식을 조금도 나눠 주지 않았다는 것이다. 이봐요, 나 여기 있어요…라고 말해주고 싶을 정도였다고 하니 그 섭섭했던 심정이 이해가 되었다. 진짜 그 음식을 원했던 게 아니라, 한번 말이라도 예의상 할 수 있는 거 아니냐며 동료는 이웃에게 서운했던 감정을 그렇게 하소연해 왔다. 그 동료는 네덜란드 사람이 아니었기에 아직 그런 기대감이 있었던 것이고, 내가 그 동료에게 이 평평한 나라 사람들의 일반적인 저녁 식사 문화를 얘기해주고 나서야 그 마음이 좀 풀린 듯 보였다. 그래도 그 동료와 친한 줄 알았다던 이웃의 관계는 다시 예전처럼 돌아가기는 힘들 듯했다.

네덜란드에서는 저녁 식사에 초대받아서 그 집에 간 게 아니라면, 그 집에 들른 시간이 거의 저녁 식사 시간이 다 된 때일지라도 그곳에서 저녁을 함께 먹는 일은 일반적인 경우로 여기지 않는다. 예를 들어서, 내가 지인의 집에 오후 다섯 시 즈음에 갑자기 방문을 했고, 어느 정도 시간이 흐른 후 그 지인이 이제 대화를 마치기를 원하는 듯한 표현을 해 오면, 그 집을 눈치껏 나와야 한다. 조금 더 눈치 없이 그 집에서 뭉그적거리다가는, 직접적으로 이제 곧 우리 가족의 저녁 식사 시간이니 우리 집을 떠나달라…는 식의 말을 듣게 될 수도 있기 때문이다.

우리 집에 이렇게 온 것도 반가운데, 마침 저녁 식사 시간이니 식사를 함께하고 가면 어떻겠냐…는 식의 제안은 이곳에서는 어디서든 듣게 되는 일반적인 대화는 아니다. 진짜 저녁 식사를 함께하고 싶다면, 미리 약속을 잡고 정식으로 초대를 해서 음식을 준비하고 식사를 대접하기 때문이다. 그리고 특별히 급한 일이 아니면, 다른 사람의 집을 약속도 없이 저녁 시간에 방문하는 것을 네덜란드 사람들은 일반적인 행동으로 여기지 않을 수 있다.

네덜란드 사람들이 저녁 식사 전에 손님을 보내는 것은 그들의 직접적인 표현 방식의 하나로 이해해 볼 수 있다. 이 평평한 나라의 사람들은 그게 편하고 자신에게 효율적이라고 생각하면 그걸 그 순간 바로 정확하게 말을 하거나 행동으로 보여주기 때문이다. 이런 직접적인 말이나 행동의 표현 방식을 처음 겪는 사람들은, 그런 상황에서 매우 당황을 하게 되거나 그들의 행동이 무례하다고 생각을 할 수도 있다. 하지만 이 나라 사람들 입장에서는, 내가 그럴 계획이 있었던 게 아니고, 그런 마음이 있는 게 아니라면, 굳이 말과 행동을 억지로 꾸며서 마음과 다르게 표현할 필요는 없는 것이다.

음식을 나눠 주는 일이 특별한 건 아이들에게도 마찬가지다. 보통 아이들이 친구들 집에 놀러 가면, 미리 그 집에서 저녁을 먹을지 여부를 친구를 초대한 아이의 부모가 정해서 그 친구의 부모에게 알려준다. 만약 그런 얘기가 없었다면, 저녁 식사 시간까지 친구의 집에 있었더라도, 초대받은 아이는 그 집에서 저녁을 먹지는 않는 것으로 서로 이해가 된 것이다. 놀이 중 간식을 먹게 되더라도, 보통은 비스킷 몇 개와 레모네이드 등 음식의 양을 정해 두고 친구에게 권하고는 한다. 그래서 가끔 내 아이들은 친구 집에 가기 전에 일부러 음식을 많이 먹고 가기도 한다. 그런 것을 그들의 습관으로 생각하지, 친구의 집이 음식을 아껴야 할 만큼 가난하다고 오해하거나, 친구의 집에서 음식을 많이 받을 수 없어서 섭섭해할 필요는 없다는 걸 알기 때문이다.

오히려 이 나라의 이런 생활 습관은 친구를 만드는 데 큰 도움이 되기도 한다. 아이의 친구가 집에 놀러 왔을 때, 친구를 저녁 식사에 초대하는 걸 친구와 그 부모는 굉장히 큰 호의로 받아들이고, 그렇게 친구의 집에서 저녁 식사를 하는 것을 그 가족이 자신을 특별히 대우하고 따스한 친절을 베푸는 것으로 생각해, 이 나라의 아이들은 친구의 집에서 저녁을 먹게 되는 것에 굉장히 큰 의미를 두기도 한다. 이건 어른들 사이에서도 같은 의미를 지니기 때문에, 한 번의 저녁 식사 초대는 다른 그 어떤 것보다 친밀함을 높여주기도 한다. 누군가와 좀 더 사적으로 친해지고 싶다면, 그 사람을 저녁 식사에 초대해 나의 공간에서 음식을 나누는 게 도움이 될 때도 있다.

이웃의 저녁을 탐할 필요도 없고, 친구 집에서 간식을 적게 받았다고 섭섭해할 필요도 없으며, 친해지고 싶은 사람을 만났다면 정식으로 초대를 해서 음식을 나누면 된다. 일반적으로 음식은 마음의 표현이지만, 이 평평한 나라의 사람들에게는 그저 합리적으로 생활하는 한 방식일 뿐이니 너무 깊게 그 마음의 숨은 뜻을 헤아려보려 할 필요는 없는 것이다.

산모는
환자가 아니기에

　임신한 사실을 알게 되면, 네덜란드에서는 보통 홈닥터에게 연락해 그다음 과정에 대해 문의를 한다. 홈닥터와 상담 후 집 근처의 조산사나 산부인과 전문의를 찾아가는 경우도 있고, 아니면 홈닥터가 안내해 준 조산사를 바로 찾아가기도 한다. 홈닥터는 각 지역마다 있는 가정의 같은 개념으로, 네덜란드에서는 병원 진료가 필요하게 되면, 자신이 등록되어 있는 홈닥터와 먼저 만나는 게 일반적이다. 특별히 위험한 케이스로 분류가 되지 않으면 산부인과 전문의를 만나는 대신, 임신 기간 내내 조산사를 정기적으로 만나 임산부와 태아의 상태를 확인하는 경우가 일반적이다.

이 나라에서는 여전히 많은 여성들이 집에서 아기를 출산하거나 조산 시설에서 출산을 한다. 제왕 절개가 필요하거나 위험한 상황이라는 판단이 될 때는 종합 병원의 산부인과로 옮겨 갈 수 있고, 그곳에서 출산을 할 수 있다. 병원에서 제왕 절개 수술을 하고 산모와 아기가 모두 건강한 상태라면, 그날 바로 퇴원을 할 건지 아니면 하룻밤을 자고 다음 날 퇴원을 할 건지에 대한 질문을 받게 될 때도 있다. 이런 질문을 받게 되면 그나마 양호한 것이고, 경우에 따라서는 제왕 절개 수술 당일에 퇴원을 하도록 병원에서 요청해 오는 경우도 있을 수 있다.

보통은 그날 하루 정도는 병원에 입원해 몸을 회복하는 시간을 가질 수 있지만, 그다음 날 아침이 되면 퇴원 수속을 하는 게 일반적이다. 산모와 아기가 건강하다면 굳이 병원에서 회복을 할 필요가 없다는 생각을 하기 때문이기도 하고, 일반적으로 병실이나 병원 인력이 부족한 것도 그 이유 중 하나라고 알려져 있다. 하지만, 그렇게 집으로 돌려보낸다고 해서 산모와 아기를 방치하는 것은 아니다. 공공 보건소의 의료 인력이 산모가 머무는 집에 방문해 산모와 신생아의 상태도 확인하고, 국가에서 지원하는 산후조리 프로그램에 따라서 산후조리 회사의 직원인 산후조리사가 집으로 파견돼 산모를 도와준다. 산후조리사는 일반적으로 8일에서 최대 10일 동안 산모의 집으로 출근해, 신생아와 산모의 몸 상태를 확인하고, 산모의 식사를 준비하거나, 간단한 집안일을 해준다. 이렇게 파견되는 산후조리사들은 교육을 철저히 받은 경험이 풍부한 전문가들이어서, 산모에게 수유 방법이나 신생아를 목욕시키는 방법 등을 알려주며, 산모가 나중에 혼자 아기를 돌볼 수 있도록 준비를 시켜준다.

네덜란드에서는 출산 휴가를 최대 16주까지 쓸 수 있는데, 출산 전 4주에서 6주 정도 미리 출산 준비 휴가를 쓰고, 출산 후 나머지 남은 기간을 산후조리 휴가로 사용하고는 한다. 보통의 경우, 출산 후 바로 가족들과 친인척, 친구들이 집으로 산모와 아기를 보러 온다. 집의 창문이나 집 앞 정원에 아기 이름이 크게 새겨진 푯말과 함께 황새가 보자기에 싸인 아기를 물고 있는 그림이나 유모차 그림 등을 함께 세워 두는 등의 방법으로 주변 이웃들에게도 아기가 태어난 소식을 알린다.

이제 갓 부모가 된 초보 엄마, 아빠는 집으로 찾아와 도와주는 산후조리사를 거의 신처럼 떠받들 수밖에 없다. 그만큼 그들이 전해 주는 전문가의 노하우는 매우 소중하고, 구원의 손길처럼 여겨지기 때문이다. 출산 후 자연스럽게 방문객들을 맞아 차를 마시고 시간을 보내는 것도 처음에는 연약한 신생아가 걱정되고 불편한 몸 때문에 힘들 수 있지만, 아기만 바라보며 시간을 보내는 대신 그렇게 자연스럽게 몸을 움직이고 일상으로 돌아가는 연습을 하는 이들만의 방식이다.

　네덜란드에서는 건강한 상태의 산모를 환자처럼 대하지 않는다. 그래서 특별히 위험한 상황이 염려되지 않는 산모는 출산까지 산부인과 전문의가 아닌 조산사의 도움을 받는다. 삶의 일부분처럼 그냥 그 한 단계를 지나는 것과 같이 절차에 따라 자연스럽게, 과하지 않고 유난스럽지 않게 모든 과정이 산모와 아기가 건강하고 안정된 환경에서 머물 수 있도록 진행된다. 병원에 있어야 할 환자가 아니라, 아기를 만나게 되는 특별한 상황에 놓인 한 사람으로 산모를 대하고 돌봐준다. 임신과 출산이라는 낯설고 특수한 상황에서 산모와 가족이 최대한 익숙하게 그 과정들을 받아들일 수 있도록 돕고 그들이 받을 스트레스를 최소화시키는 데 집중하는 것이다.

수상한 학부모는
놓치지 말 것

새로운 곳으로 이사를 하게 되어 아이들이 새 학교로 전학해 며칠 등교를 한 후였다. 그렇게 얼마 동안 등하교 시간을 이용해, 나는 내 아이들과 같은 반 아이들의 학부모인 듯한 사람들과 안면을 트고 눈인사를 주고받았다. 너무 처음부터 친한 척을 하면 오히려 거부감을 갖는 네덜란드인들도 있기에, 처음에는 부담스럽지 않게 간단히 인사 정도만 하며 지낼 생각이었다.

그렇게 며칠이 지난 후, 하루는 학교 안뜰을 걸어 나오는데 한 엄마가 다가오더니 알은척을 해 왔다. 그 엄마는 나와 내 아이들을 이미 알고 있었으며, 우리가 새로 이사한 집도 알고 있었다. 순간 본능적으로 얼어붙은 나는, 그 엄마가 우리 집 근처 이웃이라고 자신을 소개했을 때에야 비로소 마음을 놓을 수 있었다. 그리고, 그 집의 아이 둘이 곧 내 아이들과 같은 반이 될 운명에 놓여 있는 사이라는 것도 얼마 지나지 않아 알게 되었다. 그 엄마는 그 운명을 이미 예견하고 있었기에, 자신의 아이들이 앞으로 옮겨 갈 반에 내 아이들이 전학을 온 게 반가웠을 테고, 그래서 우리 가족을 처음부터 눈여겨보고 있었던 것이다. 수상한 학부모 D의 출현이었다.

D에게는 네 명의 자녀가 있었는데, 큰아이는 이미 상급 학교에 진학을 했고, 다른 세 명의 아이들이 그 초등학교에 다니고 있었다. 그런데 매일 아침 학생들이 선생님과 교실로 들어가고 난 후, 다른 학부모들은 모두 학교에서 나와 각자 갈 길을 가는 중에도, D는 선생님들을 따라 학교 안으로 매번 같이 들어가는 게 눈에 띄었다. 학교에서 일을 하거나 도서관 사서인가 싶어서 아이들에게 물어보니 그 엄마가 학교 직원은 아니라고 했다. 그럼, 왜 D는 매일 아침마다 아이들이 등교한 학교에 함께 들어가는 거

지…라는 의문을 마음에 품은 채, 나는 그렇게 며칠을 더 그녀를 관찰했다.

그렇게 내가 수상한 눈초리로 그녀를 관찰해 가던 어느 날 D가 나에게 다가오더니, 내 아이가 꽤 교과 과정을 잘 따라가는 것 같으니 특별 보충물을 받아보는 게 어떻겠냐고 제안을 해 왔다. 나는 순간 눈이 동그래져서 지금 대체 이 엄마가 나에게 무슨 얘길 하고 있는 건지 이해해 보려 노력했다. 학교 교직원도 아니고, 선생님도 아닌 학부모가 왜 내 아이의 특별 보충물 얘기를 꺼내는지 이해할 수가 없었던 것이다. 그렇게 내가 어버버하고 있는 사이에, 그녀는 혼자 결론을 내린 듯, 자신의 아이도 그렇게 특별 보충물을 받고 있으니, 내 아이도 그걸 함께 받을 수 있도록 학교 선생님께 말을 해주겠다고 했다.

난 그런 D의 권한 밖의 행동들이 반갑지는 않았지만, 아이가 원하기에 그냥 그대로 당분간 지켜보기로 했다. D는 아이 넷을 그 학교에 보내면서, 지속적으로 자원봉사 개념으로 학교 도서관 운영을 도와왔고, 학교 선생님들과 친밀한 관계를 유지해 오고 있다는 건 뒤늦게 알게 된 사실이었다. 그리고 D의 네 아이 중 세 아이가 영재로 판명되어, 큰아이는 월반을 해서 학교를 일찍 졸업하고 상급 학교에 진학했고, 나머지 두 아이들도 월반을 하기 위한 준비 과정에 있으며, 그 아이들이 내 아이들과 곧 같은 반이 될 것이라는 사실도 자연스럽게 알게 되었다.

네덜란드에서는 외부의 사설 IQ 테스트 기관에서 IQ 테스트를 받아, 결과가 130이 넘으면 영재로 인정이 된다. 그렇게 정식으로 보고서를 받아 학교에 제출하면, 학교 자체적으로 아이에게 몇 가지 선행 과제물을 주고, 아이가 그 과정들을 통과하고 선생님들이 그 결과에 동의하면, 아이의 월반이나 선행 학습 등을 학교와 의논해 볼 수 있다. IQ 테스트 결과가 130을 넘지는 않지만 그 근처 수치이고, 사설 기관에서 아이의 발달 과정에 대한 몇 가지 테스트를 하고 받은 결과가 긍정적이라면, 학교에 아이의 선행 학습에 대해 논의를 해볼 수도 있다. 물론 모든 이런 일련의 과정들은 아이가 학교생활을 성실히 잘해내고 있다는 전제하에서 가능한 이야기다.

이런 일련의 과정을 D는 매우 잘 알고 있었고, 그렇게 그녀의 자녀 세 명이 영재 판정을 받은 후 월반을 했다. 그리고 영재 판정을 받지는 못했지만 그와 거의 비슷한 IQ 수치와 우수한 학업 활동을 보이던 자녀 한 명을 여러 번의 발달 과정 테스트를 받게 하고, 학교와 지속적으로 선행 학습 등에 대해 논의해 간 끝에 결국은 그 아이도 월반을 하게 됐었다. D를 경외의 눈으로 바라보는 학부모들도 있었고, 노골적으로 싫은 내색을 비치는 학부모들도 있었다. 나는 그렇게 그녀의 자녀 둘이 내 아이들과 같은 반이 되었으니, 그 학부모들 사이에서 그저 관망하는 자세로 지켜보았다. 하지만, 늘 저돌적으로 내 아이들의 학교 과정까지 훈수를 두려는 그녀의 태도에 차츰 거부감을 느끼고 있었고, 그렇게 그녀와 거리를 두고 지내게 되었다.

D의 교육관은 약간 독특한 면이 있었는데, 아이들에게 자신을 엄마라고 부르는 대신, 꼭 이름을 부르게 했으며, 아이들이 손으로 만들며 놀 수 있는 공작 놀이 등을 지속적으로 시켰다. 그래서 그녀의 집에 가면 창문이며 벽에 아이들이 손으로 만든 종이접기부터 비즈 공예품이며 목공 조각품 등이 여기저기 매달려 있거나 붙어 있고, 가장자리에 진열되어 있었다. 아이들의 옷이나 신발 등 외적인 모습에는 돈을 지극히 아끼는 모습이었지만, 그런 손으로 만드는 온갖 장난감들은 늘 넘쳐났고, 아이들의 스포츠 강습에도 돈을 아끼지 않는 모습이었다.

얼마 전에 굉장히 흥미로운 뉴스를 하나 읽었는데, 9,

10, 11세 네덜란드 아이들의 상급 학교 진학률이 점점 높아지고 있다는 내용이었다. 2012년과 2022년을 비교하면서 그 숫자가 거의 두 배가 되었다고 전하고 있었다. 그 아이들 대부분이 선행 학습이 필요할 정도로 학업 능력이 우수한 상황이었고, 선행 학습과 월반을 통해 초등학교 과정을 일찍 마친 아이들이 그렇게 상급 학교에 진학하는 경우가 늘었다고 적혀 있었다. 그럼 그 아이들은 이르면 15세에서 늦어도 17세에는 대학을 들어가게 된다. 나는 아이가 진학한 상급 학교에서 영재로 분류되어 학교를 일찍 진학한 반 아이들을 몇 명 본 적이 있다. 그 중에는 학교생활을 잘해내는 아이들도 있었지만, 몇몇 아이는 첫 학년이 끝나고 다른 대안 학교로 옮기거나, 낙제를 해서 한 학년을 더 다니거나, 우울증 등으로 학교생활을 힘겹게 해나가는 경우도 있었다.

나는 저 뉴스를 보면서 D를 떠올릴 수밖에 없었다. D는 아이들이 모두 그 초등학교를 졸업하고 나서도 여전히 그 학교의 도서관에서 봉사 활동을 이어갔다. 그녀가 적극적으로 자녀의 학교 과정을 살피는 모습에 뒤에서 수군대는 사람들도 있었고, 나 또한 그녀의 과한 열정에 거부감을 느낀 적도 있었다. 하지만 그건 D만 그러는 건 아닐 테니, 누구든 그런 그녀를 속된 말 한마디로 판단해 버릴 수는 없는 일이다. 그 뉴스의 숫자가 말해주고 있으니까. D가 있지만, D만의 이야기는 아닌 것이다.

10월에는
책이 좋아

네덜란드의 서점들도 다른 나라들과 마찬가지로 그 시장을 점점 잃고 있고, 많은 서점들이 지난 몇 년간 문을 닫았다. 그 사라져가는 서점의 자리에 다른 상업 시설이 들어오는 걸 볼 때마다 아쉬운 마음을 숨기기 힘들었다. 그래도 여전히 도시의 중심지에는 서점들이 있고, 베스트셀러 목록에는 소설들이 주로 자리를 잡고 있으니 다행이라는 생각이 들 뿐이다.

아이들이 어렸을 때부터 도서관에 익숙해지고, 책을 친

근하게 느끼도록 하기 위해서 이 평평한 나라에서도 많은 노력을 기울인다. 대부분의 지역 도서관들은 18세까지 무료로 이용할 수 있고, 공공 도서관 앱에서 전자책과 잡지 등을 자유롭게 이용할 수 있다. 인터넷이 무료인 곳이 흔하지 않은 나라이지만, 도서관에서는 무료로 인터넷을 이용할 수 있는 큰 장점이 있기에, 숙제를 하거나 개인 공부를 하기 위해 지역의 공공 도서관에 가는 학생들도 많다.

매년 10월이 되면, 대략 열흘 동안 전국적으로 어린이를 위한 도서 주간 축제가 열리는데, 매번 주제를 새롭게 정해 전국 각지의 서점, 학교, 도서관에서 이 기간 동안 다양한 행사를 진행한다. 작가 사인회나 낭독회, 책 할인 행사 등이 열리고, 도서관에서는 어린이와 가족을 위한 축제의 시간이 열린다. 어린이 도서 주간에 맞춰 각 학교에서는 아이들에게 자신이 제일 좋아하는 책을 선택하도록 해서 책 낭독 콘테스트를 여는데, 학교에서 우승을 해서 대표로 뽑히면, 다른 학교에서 대표로 뽑혀 온 아이들과 동, 구, 시, 도의 개념으로 이어지는 책 낭독 콘테스트에 참가해 최종 우승을 겨루게 된다.

학교에서 일괄적으로 책을 정하거나 아이들이 선택한 책으로 독후감을 쓰게 하는 대신 책 낭독회를 하는 것인데, 자신이 좋아하는 책과 함께 그 책에서 좋아하는 구절을 친구들에게 소개하면서, 아이들은 책에 대한 거부감을 줄이고 자연스럽게 책을 친근하게 여기게 된다. 학교에서 권장해 주는 책 대신 아이가 좋아하는 책을 직접 선택해서, 그 책에서 자신이 좋아하는 구절을 낭독해 보는 기회는 꽤 낭만적이고, 아이들은 연극 무대에서 연기를 하듯 책의 구절을 읽어 또래 친구들에게 기쁨을 주기도 한다.

네덜란드는 날씨가 안 좋은 날이 많다 보니 아이들이 야외 놀이터에서 놀 수 있는 날이 많지 않다. 그렇다 보니 네덜란드의 동네 도서관에는 아이들이 놀 수 있는 놀이시설이 갖춰져 있는 곳도 많다. 아이들과 놀이터를 가는 대신, 동네 도서관으로 놀이 시간을 가지러 나오는 부모들이 많기 때문이다. 그렇게 어려서부터 자연스럽게 도서관을 드나들다 보니 오며가며 책을 읽는 것이고, 도서관을 익숙한 곳으로 여기게 되는 것이다.

10월이 다가오면, 네덜란드의 어린이들은 이번 연도의 어린이 도서 주간 주제와 그에 맞춰 진행될 행사들을 다들 궁금해한다. 이번 도서 주간 동안 이뤄질 책 낭독회에서는 어떤 책에서 어떤 구절을 멋있게 읽어야 친구들이 호응을 해줄지 궁리하느라 바쁘다. 책은 읽으면 되는 것이고, 멋진 구절을 나누면 되는 것이고, 그저 가까이 두면 좋은 것이다. 10월을 책 때문에 기다리고 있는 아이들이 있어 네덜란드의 작가들은 참 좋겠다는 생각을 해본다.

호모포비아는 아니지

이른 아침 6시 40분 즈음, 하나둘씩 아일랜드 식탁에 모여든 가족들의 눈에는 아직 졸음이 가득했다. 그렇게 각자 준비한 아침을 먹고 있는데, 아이가 갑자기 말을 꺼냈다. 학교에 요즘 문제가 많다는 것이었다. 그래서 "무슨 문제?"라고 물었더니, 여자애들이 괜찮다고 생각하는 남자애들은 모두 게이로 밝혀져서, 여자애들의 실망이 이만저만한 게 아니라는 것이 갑자기 아침 6시 40분에 졸린 눈을 비비며 꺼낸 주제였다. 남편과 나는 서로 얼어붙은 채

눈이 마주쳤고, 누가 먼저 무슨 말을 꺼낼지 눈치를 보다
가 결국 내가 먼저 입을 열었다. "그게 뭐, 그 애들이 각자
알아서 하겠지. 그리고 그게 우리 가족이 다 같이 아침 6시
40분에 얘기해야 할 만큼 그리 급한 주제는 아닌 거 같은
데…"라고 말했더니, 아이가 그건 너무 호모포비아 같은
말이라고 내게 반박을 해 왔다. 그래서 나는 아이에게 "뜬
금없이? 그 단어가 사용되어야만 할 대화를 우리가 지금
하고 있던 게 아닌데. 더군다나 내가 그런 말을 듣기에는
좀 억울한 감도 있고…"라고 말해주며 당당히 그 단어를
내가 들을 이유가 없는 근거를 밝혔다. 나는 프라이드 포
토(Pride Photo)라는 단체에서 자원봉사를 한 적이 있으
며, 물론 우연한 기회에 하게 되었지만, 결과적으로는 다
름을 동등하게 바라보고 존중하는 마음을 배울 수 있는 경
험을 해본 사람이라는 말을 해주었다. 아이는 이런 내 경력
을 처음 알게 되어서인지 굉장히 놀라워했고, 그 아침 식
사 시간 우리의 사뭇 진지했던 토론은 그렇게 끝이 났다.

나는 프라이드 포토라는 단체를 위해서 포토 스카우터
로 봉사 활동을 잠시 했었던 적이 있다. 네덜란드에 적응
하는 데 도움이 될 듯해서 봉사 활동을 한번 해보기로 결
심했던 나는, 한 봉사 활동 정보 공유 웹 사이트에서 한국

어를 할 수 있는 자원봉사자를 구한다는 메시지를 본 후 바로 이메일을 보냈다. 웹 사이트에 난 공고에서는 포토 스카우터를 구한다고 적혀 있었고, 사진 전시회를 위한 일을 도와주면 된다고만 적혀 있었다. 단체에 대한 자세한 내용은 없었기에, 사실 그 봉사 활동에 지원을 할 때만 해도 그 단체가 무슨 일을 하는지, 그리고 내가 어떤 일을 도와야 하는지에 대해서 정확히 인지를 하지는 못했다. 그저 한국어를 할 수 있는 사람이 필요하다니 도와주고 싶은 마음이 생긴 것이었고, 그 단체의 사무실이 있는 지역이 내가 아는 곳이어서, 그 지역이 위험한 곳은 아니라는 생각에 안심을 했던 것 같다. 사무실에 처음 방문했을 때 그 단체의 활동 내역과 내가 해야 할 일에 대한 설명을 듣고 좀 놀랐지만, 이미 그곳에 발을 들인 이상 도와줄 수 없겠다는 말을 할 수가 없었다. 예상하지 못한 상황에 당황스러웠지만, 그렇다고 그들에게 꼭 필요한 일을 내가 할 수 있는데 도망치듯 그곳을 나와버리기엔 뭔가 내 마음이 편하지 않았기 때문이다. 그래서 그렇게 나는 그 단체의 포토 스카우터가 되었다.

프라이드 포토라는 단체는 성적 다양성과 관련된 사진들을 전 세계에서 모아서 전시회를 열고, 책을 만들고, 시상식을 꾸준히 개최하고 있는 단체였다. 그리고 나는 한국의 사진작가나 단체에 한국어로 메일을 보내고 전화 연락을 해서 그들에게 이 단체의 업무에 대해 홍보를 하고, 사진 전시회에 작품을 보내고 참여해 줄 것을 요청하거나 사진을 사용해도 되는지 동의를 구하는 역할을 담당했었다. 한국과 연락을 취할 때 영어로는 한계가 있었던 것인지, 이 단체는 특별히 한국어를 할 줄 아는 자원봉사자를 구하고 있었고, 그 역할을 내가 맡게 된 것이었다. 그 단체의 주요 활동 영역과 내가 도와야 할 역할에 대해 정확히 인지를 했을 때 약간 당황을 했던 것도 사실이었고, 활동을 하면서 접하게 되는 사진들이 좀 내겐 부담스럽게도 느껴졌지만, 어느새 자연스럽게 그 활동을 이어가며 나름의 보람도 느끼게 됐었다.

그렇게 포토 스카우팅 활동도 하고 전시회 준비에도 참여를 하다가, 1년을 조금 못 채웠을 무렵 그 단체에 자원봉사 활동을 그만두겠다는 의사를 전한 후 나는 그 단체를 돕는 일을 중단했다. 내 개인 생활이 너무 바빠져 도저히 다른 여유를 부릴 정신이 없는 게 제일 큰 이유였다. 하지만, 남자와 여자의 신체 모습이 적나라하게 담긴 사진들을 지속적으로 보는 것이 점점 내게 감당하기 힘든 피로감을 주고 있는 것도 사실이었다. 물론, 아름다운 사진들도 많았으며, 뭉클하게 감동을 주는 사진들도 많았고, 삶을 되돌아보게 만들어주거나 내 자신을 한번 다시 생각해보게 하는 사진들도 많았다. 단지, 내가 원해서 일부러 접근해서 보게 되는 게 아닌 일부 사진들을 지속적으로 접하다 보니, 쌓여가는 시각적인 피로감을 조금씩 느끼고 있었다.

내가 그 단체의 모임에 처음 참여했을 때, 그곳에 모인 사람들은 모두 나를 보고 좀 놀라는 눈치였다. 동양인은 처음이었다고 했던 듯도 했고, 아이가 있는 엄마이자 평범한 이성애자여서 놀란 점도 있는 듯했다. 개인적으로는, 누군가가 필요로 하는 일을 내가 도울 수 있어서 기뻤고, 그렇게 활동을 하며 다양한 삶의 모습을 볼 수 있어 의미 깊었고, 다양성을 존중하는 마음도 배울 수 있어 뜻 깊은 시간이었다. 그 단체의 활동을 돕는다고 내 정체성이 달라지는 건 아니고 달라질 필요도 없는 것이니, 자원봉사 활동은 그 자체로 의미가 있는 것이라고 생각한 것도 있었다. 내가 짧은 시간 동안 머무른 것으로 인해, 그 단체에 그리 큰 도움을 준 것도 아니었고, 내 삶이 달라진 것도 아니었다. 다양한 삶의 모습을 바라보는 이 세상 사람들의 시선을 바뀌게 하도록 뭔가를 해보지도 못했다.

하지만, 내 마음만은 확실히 그 후로 달라졌다. 편협했던 시선이 넓어졌고, 내 정체성이 달라진 건 아니어도 내가 바라볼 수 있는 시야가 넓어졌고 너그러워졌다. 많은 걸 배울 수 있었기 때문이다. 내가 봉사 활동을 그만둘 때 단체의 사무장은 굉장히 아쉬워했다. 한국에 좋은 콘텐츠가 많은데 연락을 하고 대화를 나누기가 힘들다는 게 그 이유였다. 지금도 그 단체는 꾸준히 프라이드 포토 전시회와 시상식을 진행하고 있다. 편협해지지 않고 조금만 시야를 넓혀도 세상은 언제나 달라 보인다. 그렇게 달라 보일 때 세상을 사는 길도 더 잘 보이는 것 같다. 조금만 더 넓게, 그리고 거기서 조금만 더 다양하게 세상을 본다면, 그만큼 더 넓고, 더 다양한 삶의 길들을 만나볼 수도 있다는 생각을 해본다.

저녁 냄새,
겨울 냄새,
쿠키 냄새

우리 동네에서는 산책을 하다 보면 쿠키 냄새가 코끝을 맴돈다. 동네에 네덜란드에서 꽤 유명하고 오래된 쿠키 제조 회사가 있기 때문이다. 그 쿠키 회사의 이름 앞에는 '왕립'이라는 이름이 붙는데, 네덜란드를 대표하고 오랜 전통을 가진 회사들 앞에는 종종 왕립이라는 이름이 붙고, 그 의미를 굉장히 명예롭게 생각한다. 브렉시트(Brexit) 과정 중에 네덜란드의 한 대기업이 결국 네덜란드를 떠나 영국 회사로 남기로 결정한 후, 그 회사는 회사 이름 앞에 붙었던 왕립이라는 이름을 잃기도 했다. 아무나 가질 수 있는 호칭이 아니기에, 왕립이라는 단어가 주는 의미는 특별하고, 그래서 이 동네 사람들은 그 쿠키 냄새를 명예롭게 즐기며 지낸다.

그 쿠키 냄새는 설탕이 뭉쳐 오른 듯 달콤하고, 계피향이 알싸하게 퍼진 듯 쌉싸름하고, 막걸리의 누룩에서 나는 그 시큼한 향도 섞여 있다. 그 향을 맡으며 저녁 산책을 하다 보면 저녁 냄새와 쿠키 냄새가 뒤섞여 콧노래가 저절로 나올 정도로 기분이 좋아지고는 한다. 거기에 불그스름하거나 보랏빛까지 감도는 저녁노을이라도 얹어지면 마음이 녹아내리는 듯한 기분까지 만끽하게 될 때도 있다.

저녁 냄새는 늘 사람의 마음을 묘하게 들뜨게 만든다. 저녁에 냄새가 있냐고 반문하는 사람들도 있겠지만, 이른 아침에만 맡게 되는 특유의 냄새가 있고, 해가 뉘엿뉘엿 져 가는 이른 저녁에 맡게 되는 특유의 저녁 냄새가 있다. 바쁘게 흘렀던 일상이 저물어 가는 해에 녹아들어 공기마저 잔잔히 흐르는 듯한 그런 냄새다. 거기에 날씨가 좀 쌀쌀해지기 시작하면, 집집마다 벽난로에 장작을 때가며 겨울 냄새를 부추긴다. 군불을 때서 밥을 짓는 시골 마을을 걷다 보면 맡게 되는 것과 같은 냄새가 동네마다 퍼지는 것이다.

코끝이 시리도록 추운 겨울에 동네 집들에서 장작을 태우며 흘러나오는 군불의 연기 냄새가 섞이면 그게 또 마음을 흔들리게 만드는 겨울 냄새가 된다. 하아- 하얀 입김을 내뿜고, 설레도록 차가운 겨울 냄새를 한 움큼 들이마시면 가슴이 시릴 정도로 아찔해지고는 한다. 그런 겨울 냄새에 동네에서 흘러나오는 저 찐득하게 달콤하고, 알싸하게 쌉싸름하고, 시큼한 쿠키 냄새가 섞여 들어오면, 마음이 몽실몽실하고 오감이 만족되는 듯한 설렘을 느끼게 되는 것이다.

날씨가 쌀쌀해지는 게 느껴질 즈음이면 저녁 냄새가 한층 짙어진 채 물씬 풍겨온다. 그런 시기가 다가오면 쿠키 냄새는 조금씩 더 진해지는 느낌이다. 코끝에 조금씩 시린 바람이 머물 즈음이면 겨울 냄새를 맡게 될 날도 머지않은 것을 알아채게 된다. 마음이 몽실몽실해질 시기가 다가오니 콧노래를 부를 준비를 하게 되는 것이다. 쿠키 냄새 한껏 들이켜고, 저녁 냄새도 한껏 들이켜고, 그렇게 동네 산책을 하는 마음에는 몽실몽실 설렘이 피어오른다.

아이를
독립시킬
최적의 시기

"열여섯 살이 된 아들이 여자 친구와 독립을 해서 나갔다." 그리 가깝지 않은 사람들이 모인 자리에서 일반적인 대화 중 한 사람이 꺼내 온 말이었다. 그렇게 친한 사이도 아닌데 이런 얘기를 낯선 사람이 듣는 자리에서 스스럼없이 말할 정도로, 이런 주제가 남이 알까 봐 부담스러운 일도 아니고 부자연스럽지도 않다는 의미일 것이다.

열여섯 살은 좀 극단적인 나이일 수는 있지만, 열여덟 살 즈음이면 대부분 대학을 가거나 직업을 갖기 시작하니, 학교 기숙사로 들어가거나 자취집을 얻어 집에서 독립을 하는 경우가 많다. 집을 빌리는 비용이 부담되니, 여자 친구나 남자 친구가 있으면 자연스럽게 함께 살기 시작하는 경우도 있고, 하우스 셰어를 해서 몇몇 친구끼리 집을 빌려서 나눠 쓰기 시작하며 그렇게 부모님의 집에서 독립을 해서 나가는 경우도 많다. 요즘은 네덜란드에 주택난이 심해져서, 집이 부족하고 집값이 비싸져 독립을 하고 싶어도 못하는 대학생들이 점점 많아지는 게 사회 문제로 제기되기도 할 정도고, 그렇게 집을 못 구한 대학생들이 캠퍼스에서 텐트를 치고 생활하거나, 컨테이너 하우스에서 지내는 얘기가 뉴스에 종종 나오기도 한다.

네덜란드에서는 13세 및 14세부터 제한된 시간과 영역 안에서, 아이가 간단한 파트타임 일을 시작하는 게 가능하다. 아이가 이렇게 일을 시작하고 돈을 벌기 시작하면, 부모는 아이를 경제적으로 독립시킬 준비를 한다. 열다섯 살인 아이가 쓰는 샴푸를 아이가 번 돈으로 사게 하는 엄마를 본 적도 있다. 그렇게 고등학교에 다니는 동안 일을 해서 모은 돈으로 대학 갈 비용을 마련하거나, 독립할 자금을 모으는 아이들이 흔한 곳이다. 어렸을 때부터 부모의 돈과 아이의 돈을 나누는 모습은 좀 매정하다 싶을 때도 있고, 실리적이다 싶을 때도 있다.

사교육이 거의 없는 곳이다 보니, 대학생들은 주로 음식점에서 일을 하거나, 방학 때면 물류 센터나 공장, 놀이공원, 리조트 등에서 일을 해서 돈을 벌 수밖에 없다. 이렇게 모은 돈을 생활비로 쓰고 학비로도 쓰지만, 부족한 돈은 학자금 대출을 받는다. 나라에서 대학생들에게 생활 보조금을 주기도 하지만 그것만으로는 생활이 되지 않기에, 학자금 대출과 함께 생활비 대출을 받아 학업을 이어가기도 한다. 이렇게 받은 대부분의 학자금은 정식으로 일을 시작해서 월급을 받게 되면 스스로 그 금액들을 상환해 간다. 물론 부모 또는 친인척이 생활비를 도와주고, 학비를 내주거나, 독립할 집을 구할 때 돈을 지원해 주는 경우도 있다.

그래도 그 근본에 깔려 있는 분위기는 '너는 너고, 나는 나다'이다. 부모의 삶과 아이의 삶을 개별적으로 나눠서 생각하고, 부모의 돈과 아이의 돈을 분리해서 생각한다. 엄마가 일하는 리조트 파크에서 리조트 청소일을 시작했다는 아이, 일주일에 30시간을 슈퍼마켓 파트타임 일을 한다는 아이 등등, 내 주변에서 들을 수 있는 고등학생 아이들의 이야기이다. 그 아이들의 이야기를 들으면서 놀랍고 대단하다는 생각이 드는 걸 지울 수 없었다. 그 아이들은 그렇게 번 돈으로, 또래 친구들을 만날 때 드는 비용을 지불하고, 본인이 필요한 물건을 사기도 하며, 남은 돈은 독립 자금이나 대학 학비를 위해 저금을 해둔다고 했다.

대부분의 아이들이 가정 형편이 어려워서 파트타임을 하는 것이 아니다. 아이들의 부모들도 모두 번듯한 직업을 갖고 있고, 좋은 집에서 평범하게 사는 아이들의 이야기다. 파트타임 일을 하는 것을 단순히 돈을 버는 목적 외에, 독립해 갈 연습을 하며 독립 자금을 마련하고 삶을 배울 기회로 생각한다. 주변 친구들이 하나둘씩 슈퍼마켓에서 일을 하고 피자 가게에서 일을 하기 시작하니, 혼자만 파트타임 경험이 없는 것도 친구들 사이에서 이상해 보이게 되는 것이다.

그렇게 아이들이 스스로 경제적으로 독립을 해나가는 대신, 아이들은 삶의 결정권과 주도권을 갖게 되는 식이다. 반드시 대학에 갈 것을 강압하지도 않고, 아이가 선택할 직업을 가지고 부모가 간섭하는 일도 흔하지 않다. 아이가 경제적으로 독립을 하면, 부모와 자녀는 자신들의 인생을 각자 개별적으로 돌봐가는 걸 자연스럽게 생각한다. 처음에는 그런 부모의 태도가 매정하다 생각되기도 했는데, 그렇게 서로의 관계를 정립해 나가서 그런지, 독립 후 만나는 부모와 자식 간의 관계도 서로에게 특별한 부담 같은 건 없이 그저 가족 간의 유대감으로 유지되는 모습이다.

그렇다고 무심하게 서로를 챙기지 않는 그런 모습은 또 아니다. 독립을 하고 가정을 꾸린 후에도, 부모와 생일을 챙기고, 휴가를 함께 가거나, 국경일이나 휴일에는 대가족이 모두 모여서 다 같이 즐기는 모습 또한 이 평평한 나라에서는 흔히 볼 수 있다. 독립을 했다고 해서 멀리 떨어진 곳에 가서 사는 게 아니라, 자신이 나고 자란 곳에 둥지를 틀고 평생 그곳에서 사는 사람들도 많다 보니, 그 마을이나 도시에 친인척들이 모여 사는 경우도 흔히 볼 수 있다. 실리적이지만 매정하지는 않고, 독립적이지만 또 한편으로는 지독히도 가족 중심적인 삶을 살아간다.

아이를 언제쯤 독립을 시키게 될까…에 대한 답을 나는 여전히 할 수는 없다. 나는 아이가 돈을 벌기 시작했다고 해서 아이의 물건을 슈퍼마켓에서 따로 계산하게 할 만큼 강한 심장을 갖고 있지는 못하다. 그렇다고 아이에게 내 모든 걸 쏟아부어 아이를 우둔하게 만들고 싶은 마음도 없다. 그 적당한 선을 찾아내고 지킬 수 있을 때가 오게 된다면, 나는 이 평평한 나라에 조금 더 익숙해져 있을 듯하다.

다람쥐의 호두는
나무가 되고

어느 날 보니, 정원에 처음 보는 식물이 여기저기 몇 군데 자리를 잡고 연녹색 잎과 줄기를 뽐내며 자라고 있었다. 처음 보는 식물이고, 우리가 심은 기억은 없기에 처음에는 잡초라고 생각했다. 그런데 자세히 들여다보니 그 줄기의 강인함이 남달라 보였고, 잎의 모양이 일반 잡초의 느낌과는 전혀 달랐다. 우리는 결국 식물을 스캔하면 이름을 알려주는 앱을 다운로드해 그 식물들을 스캔해 보았다. 그리고 알게 된 식물들의 이름은 호두나무였다.

우리 정원에 다람쥐가 열심히 식량을 저장해 둔다는 걸 안 것은 이사 후 얼마 지나지 않아서였다. 정원에 작은 소나무가 몇 그루 있었는데, 그 소나무 사이에 호두를 숨겨놓기도 하고, 소나무 밑의 땅을 파서 호두나 도토리 등을 숨겨놓고 가는 걸 자주 볼 수 있었기 때문이다. 도시의 중심지는 아니지만 분명히 도시 안에 산다고 생각하며 살고 있었는데, 내 집 정원에서 다람쥐의 식량 창고를 보게 되니 기분이 좋았다. 뭔가 내가 청정 지역에 살고 있는 듯한 기분이 들었고, 왠지 들이마시는 공기마저 더 상쾌하게 느껴지는 듯했다.

생각해보니 우리 동네는 다람쥐가 살기에 매우 괜찮은 조건을 갖추고 있었다. 동네 뒤편으로 숲이 꽤 크게 연결되어 있었고, 근처 조그마한 호수 앞길에는 양쪽으로 개암나무들이 길게 늘어서 있었다. 산책 길 옆에 잔뜩 심어져 있는 나무들은 상수리나무였다. 그러니 산책 길을 오며가며 길을 아슬아슬하게 건너 나무를 타고 오르는 다람쥐들을 이미 여럿 마주한 적이 있었다. 적갈색 털이 보송보송한 귀를 쫑긋 세운 채 동그란 눈으로 주위를 둘러보는 모습이 꽤 귀엽다.

그렇게 부지런히 정원을 오가더니 다람쥐는 우리 정원

에 호두나무들을 선물해 주었다. 정원에 큰 나무가 몇 그루나 자라게 둘 수는 없었고, 그렇다고 그 작고 귀여운 몸의 다람쥐가 열심히 옮겨다 놓은 호두가 만든 호두나무들을 버려버릴 수도 없었다. 그래서 우리는 그중의 하나만 남겨두고, 나머지 호두나무들은 뿌리째 조심스레 꺼내어 동네의 뒷숲에 가져가 하나하나씩 정성스레 심었다. 언젠가 그 호두나무들이 자라 호두가 열리면, 호두나무가 된 호두를 우리 집 정원에 옮겨두었던 다람쥐들이 그 호두로 배를 채우게 되길 바라며, 그렇게 하나하나 뒷숲으로 옮겨주었다.

도시에 붙어 있는 숲이니 그 숲이 언제까지 그곳에 있을 수 있을지는 아무도 장담을 못 한다. 개발이 워낙 더딘 곳이니 앞으로도 몇십 년은 그곳에 숲이 남겨져 있을 수도 있고, 아니면 어느 날 갑자기 부족한 집을 더 짓는다며 그 숲을 밀고 집 짓기를 시작할 수도 있다. 호두나무들이 그 숲에서 무럭무럭 자라, 다람쥐들이 그 나무에서 열린 호두를 한 알이라도 먹게 된다면, 조금은 꿈같은 일이 아닐지.

굉장히 힘든 일을 겪은 후일 수도

화가 잔뜩 나서 그러는 걸 수도

그러니 이해해 주자

우리는 오늘 평범한 하루를 보냈잖아

누구에게나
평범하지 않은 날은 있다

제4부

아이는
여덟 시 전에
재워주세요

네덜란드에서는 의무적으로 영유아부터 10대 초반 연령대까지의 아이들은 공공 보건소에 예방 접종과 정기 검진을 받으러 가야 한다. 그렇게 보건소에서 아이의 발육 상태를 확인하기도 하고, 아이의 양육 환경을 감시하는 기능도 겸사겸사 하게 되는 것이다. 아이의 키를 재고, 몸무게를 잴 때 기저귀만 입히거나 속옷만 입히는데, 그 후에도 잠시 동안 의사와 면담을 하면서 옷을 일부러 입히지 못하게 한다. 그렇게 면담을 하는 사이에, 보건소 의사는 아이의 몸 구석구석 상태를 확인하고, 아이와 간단한 대화를 주고받으며 아이가 몸과 마음이 튼튼히 자라고 있는지, 혹시나 학대를 당하는 상황은 아닌지, 아이가 올바른 환경에서 건강한 정신 상태를 갖고 자라고 있는지 등을 확인한다.

처음에는 아이 옷을 입히지 못하게 하고 아이의 몸 상태를 의심스러운 눈빛으로 꼼꼼히 확인하는 보건소 의사의 눈빛에 불쾌감을 느끼기도 했다. 혹시 아동 학대라도 의심하나…싶기도 했고, 인종 차별인가…싶기도 했기 때문이다. 하지만 이런 오해는 금방 해소되었다. 그 보건소에 온 다른 아이들과 부모들에게도 똑같이 하는 것을 보았기 때문이다. 꽤 추운 날씨에도 아이들 옷을 입히지 않은 채 이것저것 꼼꼼히 확인하는 모습에 나중에는 깊은 신뢰감을 느낄 정도였다.

그러다가 아이가 어느 정도 크게 되면, 보건소 의사에게서 새로운 질문을 받게 된다. 아이를 몇 시에 재우냐는 것이다. 일반적으로 네덜란드에서는 아이들을 비교적 일찍 잠을 재우도록 권장한다. 못해도 여덟 시 전에는 재워야 하며, 아홉 시 정도에는 아이들이 깊은 잠에 빠져야 아침에 잘 일어날 수 있고, 건강하게 잘 자랄 수 있다는 설명이 그 질문에 덧붙여지고는 한다. 그런 질문을 받게 되면 머릿속으로 퇴근 시간과 저녁 식사 시간, 취침 준비 시간 등을 계산하느라 보통 현기증을 느끼게 된다. 그 후로도 보건소를 방문할 때마다 늘 아이의 취침 시간에 대한 질문을 받았고, 초등학교에 들어가고 나서도 선생님에게 같은 질문을 받은 적이 몇 번 있었다.

대부분의 초등학교에 숙제가 없고 학원이 없으니, 방과 후 스포츠나 음악 레슨 외에는 아이들이 특별히 해야 할 일은 없고, 개인 시간을 갖다가 저녁 식사 후 씻고 자면 된다. 나도 조언받은 대로 아이의 취침 시간을 여덟 시 전으로 맞추려고 최대한 노력했고, 취침 시간을 지키려고 노력하며 아이들을 키워왔다. 어렸을 때는 취침 시간을 잘 따라주던 아이가, 어느 날 몰래 스탠드나 손전등을 들고 침대에서 책을 읽는 것을 알게 된 날, 나는 아이의 취침 시간을 좀 더 늦은 시간으로 바꿔주었다. 그 정도면 아이가 혼자서 잠잘 시간을 선택해도 될 만큼 자랐다는 생각이 들었기 때문이다.

사실, 아이가 일찍 잠자리에 들면 부모는 편하다. 그래서 누군가는 이 평평한 나라에서 아이들을 일찍 재우는 것은 부모가 편해질 수 있는 방법이기 때문이라고도 한다. 이유야 어찌 되었든, 아이는 건강하게 잘 자랄 수 있어 좋고, 부모는 그 덕에 편하게 늦은 저녁 시간을 오롯이 자신들을 위해 쓸 수 있으니 좋은 것이다. 개인적으로는 초기에 이른 취침 시간을 맞추느라 굉장히 고생스러웠지만, 아이들을 재운 후 맞게 되는 개인 시간이 결과적으로는 내게 숨을 돌릴 수 있는 삶의 여유를 만들어주었다. 아이들은 몸이 건강해지고, 나에게는 정신이 건강해지는 기회가 되니, 아이들을 일찍 재우는 걸 권장하는 정책은 꽤 우리를 행복하게 해주고 있었던 셈이다.

타인과
한집에
산다는 건

회사를 다니며 공부를 시작했던 나는 매일매일 전쟁을 치르고 있었고, 남편은 남편대로 회사일과 함께 육아를 담당하느라 정신이 나간 듯 지내던 때였다. 도저히 이대로는 안 될 것 같아서, 우리는 오 페어(au pair)를 구하기로 했다. 주거와 식사를 제공하고 시간당 일정 금액의 월급을 지불하며 아이들을 돌봐줄 보모와 한집에서 살기로 결정한 것이다.

주변 사람들을 통해 이미 긍정적인 얘기를 많이 들어왔

던지라 망설임은 없었지만, 그래도 타인과 한집에서 지내야 하고 아이들을 돌봐줄 사람이니 신중히 면접 과정을 거쳐 헝가리에서 온 C와 함께 생활해 보기로 결정했다. 겉모습이 화려하지만, 눈빛에서 느껴지는 순수함이 있었기에 그녀를 믿고 함께 지내보기로 했다. C가 네덜란드에 온 목적은 처음부터 이곳에서 결혼을 해서 정착하는 것이라고 얘기를 들었기에, 그녀의 근무 시간 이후의 자유 시간은 우리가 존중해 주기로 했고, 대신 다음 날 아이들을 돌봐야 하니, 통금 시간을 열두 시로 정해 두기로 동의를 했다.

그렇게 잘 지내는 듯했는데, 어느 날 아이의 같은 반 친구 엄마가 내게 심각한 얼굴로 말을 걸어온 적이 있었다. 어젯밤에 한 바에서 너희 집 보모를 봤는데, 늦은 시간이었고 그리 좋아 보이지는 않았으니 조심해야 될 것 같다는 경고였다. 난 솔직히 우리의 보모인 C가 늦은 시간 그 바에서 무엇을 했는지보다, 그 엄마가 왜 그곳에 늦은 시간에 있었는지가 더 궁금했지만, 아이 친구의 엄마에게서 이런 얘기를 들은 이상 아이에게도 좋을 게 없다는 생각에 C에게 그만둬달라고 요청을 하게 됐다.

C를 갑작스럽게 그만두게 한 후, 우리는 다시 힘든 시간들을 견뎌내고 있었고, 그런 우리에게 드디어 도움의 손

길이 닿아 왔다. 바로 V가 그렇게 우리에게 나타나준 것이었다. V는 열여덟 살이었고, 고등학교를 막 마치고 남자 친구를 따라 헝가리에서 이 평평한 나라로 옮겨 온 직후였다. 그녀는 굉장히 수줍어했고 영어도 서툴렀다. 독일 공장으로 돈을 벌러 떠난 아버지를 걱정하고, 고향에 남아 있는 어린 여동생과 어머니를 걱정하는 눈빛이 마음에 들어, 아이를 돌본 경험이 없고 영어가 서툴러도 우리 아이들과 잘 지낼 수 있으리라는 믿음이 생겼다. 그렇게 우리는 V에게 방 하나를 내주고 함께 살기 시작했다.

평일에는 우리 집에서 지내고 휴일이 되면 남자 친구 가족이 있는 집으로 돌아가며 그렇게 V는 우리와 생활을 이어나갔다. 처음에는 메마른 듯 건조한 피부가 걱정될 정도로 영양 상태도 안 좋아 보이고 잘 웃지도 않았던 V가 차츰 피부도 좋아지고, 표정도 밝아져 갔으며, 아이들과 영어로 대화를 이어가서 그런지, 그렇게 어느덧 영어도 능숙하게 말을 하기 시작하는 그녀의 변화를 우리는 내심 반기고 있었다. 우리는 아직 나이가 어린 그녀가 미래를 준비해 갔으면 좋겠다는 생각을 하게 됐다. 그래서 그녀에게 동네 문화 센터에서 저녁에 진행하는 영어 자격증 수업에 참여할 것을 권유했고 수업비를 지원해 주었다. 처음에는 부담스러워하던 그녀는 영어 수업이 진행될수록 표정에 자신감이 붙는 듯싶었고, 행동에도 생기가 넘치기 시작했다.

난 아직 나이가 어린 그녀가 남자 친구를 위해, 그리고 그의 가족을 위해 이 평평한 나라에 와서 지내는 게 걱정이 되었고, 그렇게 그들에게 휘둘려서 지내는 듯한 모습이 계속 마음에 걸렸다. 그래서 교육의 힘을 믿는 나와 남편은 그녀에게 공부를 더 해보는 게 어떻겠냐는 제안 아닌 설득을 계속 이어갔다. 영어 실력이 점차 좋아져 자신감이 붙은 그녀는 평소 관심이 있던 패션 계열 공부를 한번 해보고 싶다는 속뜻을 우리에게 내비쳐 왔다. 그렇게 V는 영어 자격증 과정을 마치고 자격증서를 받았고, 우리는 그녀가 우리와 함께 일한 경력에 대한 추천서를 써주었다. 그와 함께 헝가리에서 필요한 서류들을 받아 온 그녀는, 한 대학의 패션학과에 지원을 했고, 당당히 입학 허가를 받아 대학에 진학하게 되었다.

우리는 매우 기뻤지만, 그녀가 우리의 곁을 떠나게 되어 아쉬운 마음도 컸다. 아이들을 돌볼 보모를 다시 구해야 하는 문제도 있었다. 그래도 우리는 그녀가 그렇게 당당히 대학을 가게 된 것을 그 누구보다도 기쁘게 생각했고, 기꺼이 그녀의 앞날을 응원해 줬다.

대학 근처에 자취집을 얻어 생활하던 V와 그 후로도 메시지를 자주 나누고, 몇 번 만나기도 했다. 자취집에 함께 살기 시작한 남자 친구도 V를 따라 같은 학교의 경영학과에 입학했지만 학업에 별 뜻이 없는 것 같아 걱정이라는 푸념도 V는 가끔 해 왔다. 학업 과정이 너무 어렵다는 하소연을 해 올 때도 있었지만, 어느덧 졸업반이 되었을 때는 원하던 의류 회사의 인턴 과정에 합격했다는 뿌듯한 소식을 전해 오기도 했다. 졸업 후 V는 일주일마다 매장 전체의 디스플레이를 바꾸는 것으로 유명한 세계적인 의류 회사의 인턴 과정을 마치고 정식으로 근무를 시작해서 꾸준히 경력을 쌓아가게 되었다.

우리는 V가 떠난 후에도 또 다른 보모를 한 명 받기는 했지만 그녀는 우리와 전혀 맞지 않았고, 그 후부터 우리는 더 이상 보모의 도움을 받지 않게 되었다. 아이들이 이제는 좀 커져서 정상적인 생활이 가능해졌고, 나와 남편의 생활도 어느 정도 안정이 되어갔으며, 어린이집과 방과 후 학교만으로도 아이들을 돌볼 수 있을 정도의 여력이 생겼기 때문이다.

아이들은 V를 굉장히 좋아했고 그녀와의 좋은 추억이

많았는지 여전히 그 추억들을 얘기하고는 한다. 타인과 한 집에 산다는 건 불편한 점도 있었고, 조심스러운 점도 있었으며, 가끔 불필요한 감정의 반목을 불러올 때도 있었다. 하지만 우리는 그러한 과정에서 같이 성장하고 배워가며 함께 추억을 남겼다. 꽤 괜찮은 경험이었다고, 인생에서 추억이 될 만한 시간이었다고 말할 수 있을 만큼.

장난감 팔아
장난감 사는 날

  네덜란드에는 '킹스 데이'가 있다. 여왕이 즉위하는 시기에는 '퀸스 데이'가 되는 그런 날이다. 이날은 동네 아이들에게 매우 중요한 의미를 갖는데, 동네에서 열리는 벼룩시장 때문이다. 물론 어른들도 이 벼룩시장에 참여해 물건을 팔기도 하지만, 이날의 인기 있는 주요 판매자와 구매자는 아이들이다. 아이들은 자신의 장난감, 책, 옷, 자전거, 게임기 등을 이 벼룩시장에 가져다가 팔 수 있고, 또 다른 아이들이 팔고 있는 물건들을 살 수도 있다.

이날은 공휴일이기 때문에 대부분의 상점들은 문을 닫는다. 그래서 주로 벼룩시장이 열리는 장소는 동네의 슈퍼마켓 앞, 초등학교 앞, 광장, 공원 등이며, 소위 '핫 플레이스'를 미리 선점하기 위해 전날부터 분필이나 테이프 등으로 직사각형 모양을 땅에 그려둔 후 자신의 이름을 그 안에 적어두고는 한다. 그렇게 자리를 잡고 돗자리 등을 바닥에 깔고 난 뒤, 그 위에 가지런히 판매할 물건들을 진열해 놓는다. 그리고 나서 간이 의자에 앉아 있으면 그날 판매 준비는 다 된 것이다.

보통 물건의 가격은 1유로나 2유로 정도이니, 운이 좋으면 꽤 괜찮은 장난감을 저렴한 가격에 구할 수 있기에, 아이들로서는 정말 신나는 날일 수밖에 없다. 이날 아이들은 자신의 물건을 판매해서 얻은 돈으로 다시 벼룩시장의 다른 판매대들을 돌며, 다른 아이들의 장난감 등을 구매하거나 자신의 장난감과 다른 아이의 장난감을 물물 교환하기도 한다. 혹시라도 자신이 원하는 장난감을 다른 아이들이 채 갈까 봐 마음이 급해진 아이들은, 자신의 장난감을 판매하는 동시에 다른 판매대를 돌아보느라 정신없이 바쁘다. 머핀 등 먹을거리를 만들어 와서 파는 아이들도 있고, 바이올린이나 기타 등을 연주하며 돈을 버는 아이들도

있으며, 물구나무서기나 저글링 같은 서커스 묘기를 보여
주고 돈을 버는 아이들도 있다.

꽤 오래전 킹스 데이에, 큰아이와 같은 학년의 남자아
이가 물건을 판매하고 있는 곳을 지나치게 되었고, 작은아
이는 그날 그곳에서 수십 장의 포×몬 카드를 단돈 몇 유
로에 그 아이에게 얻을 수 있었다. 그때 당시에 우리 가족
중 누구도 포×몬 카드에 대해 아는 사람이 없었고, 어린
나이였던 작은아이는 그냥 그 그림들이 좋아서 그 카드를
사고 싶어 했을 뿐이었다. 지금은 모든 용돈을 포×몬 카
드를 사는 데 써버려도 아까울 게 없는 작은아이는, 그때
수십 장의 포×몬 카드를 몇 유로에 샀던 기억을 행운담이
라도 되는 듯 가끔 한 번씩 얘기하고는 한다. 마치 인생에
서 큰 행운을 얻었던 날에 대한 기억처럼 말이다.

킹스 데이, 퀸스 데이는 아이들에게는 그런 추억을 얻
게 될 수 있는 날이다. 난생처음 물건을 판매해 보면서, 직
접 돈을 벌어보고, 돈의 의미를 이해할 기회를 얻게도 된
다. 그 돈으로 자신이 원하는 장난감을 사고, 자신이 아끼
던 장난감을 또 다른 아이가 사 가며 행복해하는 모습을
보면서 뿌듯함을 얻게도 되는 등, 짧은 순간에 삶의 다양
한 면을 맛보게 되는 꽤 흥미진진한 하루인 것이다.

우리에게 그 수십 장의 포×몬 카드를 단돈 몇 유로에 팔고 나서 그 남자아이가 지금쯤 그 기억을 그리 씁쓸하게 되새기고 있지는 않기를 바라고, 아이의 자전거를 손녀딸을 위해 사 갔던 할머니와 손녀가 그 이쁘고 귀여운 자전거로 인해 행복한 추억을 갖게 되었기를 바란다. 돈을 돌 보듯 하던 아이가 돈을 돈처럼 보게 되는 경험을 하게 된 날을 추억하며, 아이들이 솜사탕 먹듯 그 행복했던 기억들을 야금야금 먹으며 건강하게 자라기를 바랄 뿐이다.

한국이 좋아서

하루는 동네 서점에 갔는데, 10위권 순위 안의 책들을
진열해 놓은 곳에 익숙한 얼굴들이 담긴 책이 한 권 놓여
있었다. 보라색으로 유명한 팬덤을 가진 한 아이돌 그룹의
10주년을 기념해 발간된 책이었다. 그 책을 네덜란드의
서점에서 10위권 순위 안에 든 책으로 마주하게 되니 감
회가 남달랐다. 익숙한 것들을 고수하고 새로운 것을 받아
들이는 데 매우 느린 이 나라에서, 저 책이 그 10위 안에
들 정도로 영향력을 행사한다는 건 실로 대단한 일이다.

예전에는 한국에서 왔다고 하면, 남한인지 북한인지 되물어 오면 아… 그래도 이 사람은 한국이라는 나라에 대해서 좀 알고 있는 사람이기는 하구나… 하며 반가워해야 할 정도였다. 그러다 말 춤을 추며 부르는 노래가 유명해지면서 이 평평한 나라 사람들도 좀 한국 문화에 관심을 갖게 되나 싶었는데, 이후 꾸준히 케이 콘텐츠가 유행하게 되며 한국어, 한국 음식, 한국 음악이나 드라마에 대한 관심도 점차 높아져갔다.

동네 도서관에 가면 한국어로 나에게 말을 걸어오는 10대 여학생을 마주할 수 있을 정도가 되었고, 한국어를 듀오링고(Duolingo) 앱을 사용해 취미 삼아 공부한다는 아이들도 생겨났다. 동네 슈퍼마켓에서 매운맛으로 유명한 라면이나, 짜장소스가 들어간 라면 및 고추장을 일반 진열대에 늘 진열해 두기 시작한 지는 이미 꽤 되었다. 한국 음식에 대해서 물어 오는 친구들도 많아졌고, 한국 음식점을 찾아다니며 그 음식을 즐겨 먹는 사람들도 주변에 많아졌다.

하루는 나에게 김치가 집에 있는지 물어 오는 사람도 있었다. 그리 잘 아는 사이는 아니었지만, 건너 건너 아는 사이였기에 그 사람의 요청을 무시해 버릴 수는 없었다.

자신이 집에서 직접 만든 음식을 주면서, 김치를 조금만 나눠 줄 수 있는지 묻는 것이었다. 그때 우리 집에 김치는 없었고, 나는 그 사람의 요청에 의해 부랴부랴 김치를 담가서 며칠 숙성을 급히 시킨 뒤, 그 사람이 음식을 보내줬던 용기에 내가 만든 김치를 담아 다시 돌려주었던 경험이 있다. 급히 숙성시킨 김치여서 혹시 그 사람이 실망할까 걱정했지만, 다행히도 그 사람은 너무 맛있게 잘 먹었다고 몇 번이나 고맙다는 말을 전해 왔다.

한국은 굉장히 장점이 많은 나라다. 그 많은 장점들을 단점들을 부각시키면서 상쇄해 버리기엔 너무 아까운 부분이 많다. 어느 나라에든 비리는 있고, 부패 세력이 있고, 범죄가 있고, 악한 사람이 있고, 사회 불만이 있다. 이 평평한 나라 사람들은 보통은 그런 문제들을 접할 때면, 그 사람이 나쁘네…라며 개인의 문제 있는 태도로 주제의 요점을 돌리지, 사회 문제나 국가적인 문제로 요점을 돌리지는 않는 편이다.

한국인들은 비문해율이 굉장히 낮고, 좋은 문화 콘텐츠를 만드는 능력을 인정받아 가고 있다. 호기심이 많아 새로운 것을 빨리 받아들이고 익히며, 새로운 문물을 사회에 적용해 발전시키는 데도 익숙하다. 정이 많고 부지런하며,

일을 열심히 하고 성실한 것으로도 잘 알려져 있다. 한국을 아예 모르면 몰랐지, 한국을 한번 경험해 본 내 주변의 외국인들 중 한국을 싫어하는 사람들을 만나본 적은 없다. 내가 만난 그 외국인들은 극소수이지만, 그들이 말하는 한국과 한국인은 일관된 모습을 보이고 있었다. 물론 부정적인 부분들을 그 외국인들도 인지하고 언급을 하지만, 그들에게 남겨진 한국과 한국인의 모습은 매우 긍정적인 것들이었다.

한국이 좋아서 한국어를 공부하고, 한국 음식을 먹고, 한국 콘텐츠를 소비하는 사람들이 점점 많아지고 있잖은가. 한국은 장점이 정말 많은 나라고, 그렇기에 자긍심을 가져도 충분한 나라이다. 한국이 싫어서가 아니라 삶의 흐름에 따라 한국을 떠나온 나로서는, 삶을 살아가면 갈수록 한국이 더 좋아지고 그리워진다. 그래서 가끔 한 번씩 구글 지도(Google Maps)를 켜놓고 인공위성 모드로 한국에서 내가 자주 가던 곳이나 좋아하던 곳을 지도에서 살펴보고는 한다. 나도 한국을 이미 경험해 본 사람이기에, 한국을 잊지 못하고 그리워하며, 한국을 좋아하는 것이다.

그래서 이 글도 써본다, 한국이 좋아서.

스낵 박스,
런치 박스

　네덜란드에서 초등학교 생활을 시작하게 되면 아이들은 학교 가방에 두 개의 플라스틱 박스를 담아 등교를 한다. 하나는 스낵 박스고, 다른 하나는 런치 박스다. 학교에서 책과 필기구 등을 모두 제공하고, 그것들을 집에 가져가는 건 허락되지 않기 때문에, 대부분 늘 비어 있는 가방에 알림장 외에 물병과 함께 저 두 박스를 담아서 등교를 한다. 등교 후 대략 두 시간 정도 후에 간식 시간이 있는데, 간식을 먹고 나서는 비가 오나 눈이 오나 아이들은 무조건 밖에 나가서 10분 정도의 휴식 시간을 보내야 한다. 비에 아이들이 쫄딱 젖더라도 그렇게 밖에 나가서 시간을 보내야 한다. 이건 점심시간도 마찬가지다. 점심 휴식 시간은 보통 더 긴데, 날씨 상태와 상관없이 아이들은 무조건 밖에 나가서 시간을 보내야 한다. 극한의 날씨가 휘몰아치지 않는 이상 거의 예외는 없다.

처음에는 정말 이해가 안 되었다. '왜 굳이…'라는 말이 저절로 나왔다. 하지만 겪어보니 그럴 만한 이유가 있었다. 비가 자주 오고 흐린 날이 많은 이 나라에서, 날씨가 안 좋다고 밖에 나가지 않으면, 아이들은 밖에 나갈 기회가 거의 없다. 그러니 웬만큼 안 좋은 날씨에는 눈 하나 깜짝하지 않는 게 당연하게 되는 것이다.

간식으로는 보통 과일이나 토마토, 오이, 당근, 파프리카 같은 채소를 담아 가거나 비스킷, 쿠키, 빵을 담아 간다. 점심으로는 땅콩버터, 햄, 치즈, 잼, 초코 스프레드 등을 넣은 샌드위치를 담아 간다. 이 평평한 나라 아이들이 샌드위치에 넣어 먹는 것 중 눈에 띄는 음식이 있다면, 그건 상자에 든 작은 초콜릿 칩이다. 초콜릿 칩을 마가린을 바른 빵에다 잔뜩 뿌려 만든 샌드위치를 즐겨 먹는다. 어렸을 때부터 먹어온 이 초콜릿 칩에 익숙해진 입맛은 쉽게 변하지 않는 건지, 회사 구내식당에서 점심시간에 동료들과 점심을 먹을 때, 이 초콜릿 칩을 마가린이 발라진 빵에 잔뜩 뿌려 먹는 나이가 지긋한 동료들도 쉽게 볼 수 있다.

하루는 아이가 집에 오더니 내일부터는 파스타나 볶음밥 같은 걸 런치 박스에 담아 가져가겠다고 한 적이 있었다. 내가 의아해진 눈으로 쳐다보자, 친구가 그렇게 가지고 왔는데 부러웠다고 실토를 해 왔다. "어떤 친구?"라고 물어보자 이탈리아에서 새로 이사 온 친구라고 했다. 아… 나는 금방 이해가 된다는 듯 반응을 해주었다. 하지만 곧 "정말?"이라고 되물어봤다. "후회할 텐데…"라고 말해주는 것도 잊지 않았다. 그렇게 며칠간 아이는 정말 런치 박스로 파스타를 싸 가고 볶음밥을 싸 갔더랬다. 그러더니 어느 날 이제는 예전처럼 샌드위치를 싸 가겠다고 했다. "왜?"라는 내 질문에 아이가 답한 이유가 재밌었다. 이탈리아에서 온 그 친구도 이젠 치즈만 들어 있는 샌드위치를 런치 박스로 가져온다는 것이었다. 나는 별다른 말 없이 아이에게 그저 뜻 모를 웃음을 지어 보였다. 그 후로 아이의 런치 박스는 일상의 단순함을 되찾았고, 우리의 삶은 다시 평이해질 수 있었다.

샌드위치는 만들어지고
노인은 길을 건너고

  샌드위치 가게 안에 서 있던 참이었다. 그 샌드위치 가게는 큰 원형 교차로 옆 모퉁이에 위치해 있어, 그 큰 사거리를 지나다니는 차들과 행인들이 한눈에 보이는 곳이다. 이 샌드위치 가게 앞 원형 교차로에 있는 건널목은 행인과 자전거가 우선 통행권을 갖고 있다는 표시가 되어 있어서, 모든 차량은 그들을 위해 반드시 멈춰야 하는 곳이다.

  아이가 샌드위치를 주문하기 위해 기다리기 시작할 때부터 나는 창가에 서서 바깥 풍경을 보고 있었는데, 한 노인이 보행 보조기를 천천히 밀며 다리를 처언-천-히이-움직여 가게 앞을 지나가는 모습이 시선 안으로 들어왔다. 노인은 베이지색 셔츠에 품이 헐렁한 고동색 바지 차림이었는데, 앙상한 몸을 잔뜩 조이고 난 벨트의 끝이 밑으로 축 쳐져 있었다. 바지의 주름진 밑단도 종아리를 감싸고 여실히 남은 공간이 느껴질 정도였다. 그렇게 마른 다리가 끌리듯이 움직이며 부지런히 걸으려 하는데 그 걸음걸이가 보행 보조기와 움직이는 속도가 또 매우 느렸다.

그렇게 처언-천-히이- 다리를 끌듯이 걸어가는 노인이 주차장을 가로지르더니 이내 교차로로 접어들었다. 건널목에 보행자 우선 통행권 표시가 되어 있으니 다가오는 차들은 노인을 위해 멈출 것이었다. 그럼에도, 노인이 교차로로 방향을 틀어 건널목을 건너려 하는 순간 나는 왠지 모를 긴장감에 손을 꽉 쥐어 잡았다. 노인은 양쪽 차로를 연신 고개를 돌려 확인하더니 이내 결심한 듯 발을 건널목에 디뎌 걸음을 걷기 시작했다. 노인이 자신의 발걸음을 재촉해 대는 움직임은 치열했고, 느린 몸짓은 온통 조바심으로 휩싸여 있는 듯했다.

자신의 왼편에 멈춰 서서 자신이 옮겨 가주길 기다리고 있는 차를 의식하며 노인은 최선을 다해 빨리 걸음을 옮기려 노력했다. 다행히 중간 지점에 보도블록이 있어서 노인은 잠시 그곳에 멈춰 서서 숨을 고를 수 있었다. 노인의 숨에 차 헐떡이는 소리가 왠지 내 귓가까지 들리는 듯해 순간 나도 숨을 한 번 깊이 들이마시고 있었다. 이제 자신의 오른편에서 자신을 기다리며 멈춰 서 있는 차를 한 번 바라본 노인은, 다시 한 번 힘을 줘 보행 보조기를 밀어붙이며 처언-천-히이-, 하지만 자신이 낼 수 있는 모든 힘을 다해 발을 옮겨 걸음을 걷기 시작했다.

노인의 걸음걸이만 슬로 모션으로 움직이는 듯했고, 그 옆에 멈춰 서 있는 차들이 제발 숨죽여 가만히 그곳에 있어주기를 난 마음속으로 간절히 바라고 있었다. 하지만, 노인이 채 반도 지나지 않은 건널목을 차는 더 기다려주지 않았고, 이내 차를 왼쪽으로 약간 움직여 노인이 건너고 있는 건널목을 쌩 지나가버렸다. 노인은 지나가는 차를 쳐다보지는 않았다. 남아 있는 건널목을 어서 빨리 건너고 싶을 마음만 가득할 테니까. 그렇게 자신의 목 뒤를 지나쳐 가는 자동차의 차가운 바람을 느끼며 노인은 무슨 감정을 느끼고 있었을지, 그 모습을 바라보며 나는 마음이 선득해져 왔다.

마침내 오븐에서 데워진 빵에 치즈가 녹아내리고, 채소

가 가득 채워지고 소스가 뿌려진 샌드위치가 아이의 손에 쥐어졌고, 노인도 교차로의 건널목들을 모두 지나 주택가 안쪽으로 걸음을 옮기고 있었다. 결국 이것도 인생의 한 모습이고, 배는 채워질 것이고, 삶은 이어질 것이다.

동네 호수에서
스케이트 타는
즐거움

네덜란드에는 물이 많다. 그래서 겨울이 되어 동네 곳곳에 있는 호수나 개울가가 얼게 되면, 자연스럽게 동네 주민들은 스케이트를 가지고 나가 얼어붙은 물 위에서 스케이트를 타고는 했다고 한다. 기후 변화가 시작되기 전에는 거의 매년 겨울마다 그렇게 동네 호수나 개울가에서 스케이트를 즐길 수 있었던 것이다.

하지만 최근에는 겨울이 그리 춥지 않아 우중충한 날씨에 비만 추적추적 내려대는 어중간한 겨울 날씨가 이어졌고, 사람들은 지루한 겨울 날씨를 힘겹게 버텨낼 수밖에 없었다. 그러다가 운 좋게 한 번씩 추운 겨울 날씨가 다시 돌아오면, 동네 주민들은 하나둘씩 동네에 있는 호수나 개울가에 돌을 던지며 얼음이 얼마나 단단해졌는지 확인한다. 그렇게 하루에도 몇 번씩 던져지는 돌들이 얼음을 깨지 않고 미끄러지게 될 즈음이면, 신난 아이들과 어른들은 스케이트와 썰매를 끌고 나와, 동네 호수나 개울가에서 그것들을 타며 즐거운 시간을 보낸다.

우리 가족도 운이 좋아 그런 겨울을 몇 번 겪은 적이 있다. 이 평평한 나라에 온 지 두 해째였다. 연신 영하 10도를 오고 가는 추운 한파가 몰아쳤고, 사람들은 동네에서 제일 큰 호수의 얼음 두께를 확인하기 위해 연신 돌을 던져대고 있었다. 그렇게 던져지던 돌들이 하나둘씩 호수 위에 머물게 될 즈음, 신난 아이들과 어른들은 스케이트를 신고 그 호수 위를 맘껏 누비고 다닐 수 있었다. 그 큰 호수가 얼어붙은 일은 몇십 년 만의 일이었고, 그 주변의 스포츠용품점의 스케이트는 모두 판매가 완료될 정도로 사람들은 얼어붙은 물 위에서 스케이트 타는 것에 푹 빠져 있던 그해의 겨울날이었다. 우리도 그 사람들 중 하나였고, 그해 겨울이 끝나고 난 후 우리에게는 그렇게 스케이트 몇 벌이 남게 되었다. 이후에도 몇 번의 추운 겨울 동안 야외의 물이 얼어서, 동네의 호수나 개울가에서 스케이트를 사용할 수 있었다.

작년에는 겨울 내내 눈도 한 번 안 내리던 포근한 겨울 날씨가 이어졌었다. 그렇게 우중충하게 비만 내려대던 겨울은, 2월이 되자 눈이 몇 번 내려 간신히 눈사람 한 번 만들 기회를 쥐어짜듯 던져주었다. 공공 스케이트장에 가서 스케이트를 타도 되지만, 천연으로 만들어진 호수 위 스케이트장과는 그 분위기가 비교도 되지 않으니 흥이 떨어질 수밖에 없다.

창고 구석에 방치되어 있는 스케이트들을 보며 입맛만 다실 뿐이다. 그해 겨울, 그 추운 겨울 호수에서 스케이트 타던 때가 참 좋았었는데… 그때 참 재밌었는데… 그때 정말 아름다웠었는데…

매년 겨울이 다가올 때마다 사람들은 창고에 보관된 스케이트를 바라보며 소망할 것이다. 이번 겨울에는 호수가 얼어주기를, 다시 그 호수에서 스케이트를 탈 수 있게 되기를.

햄스터런

코로나19 팬데믹 동안 꽤 유행한 단어였다. 코로나 상황에서 모두들 혼란에 빠진 때였고, '햄스터런'(hamsteren: 햄스터들이라는 뜻)이 그런 혼란을 부추겨대던 시기였다.

햄스터 캐릭터는 이 평평한 나라의 유명 슈퍼마켓 체인의 마스코트이기도 하다. 주황색 햄스터 캐릭터가 그 슈퍼마켓의 곳곳에 스티커로 붙여져 있고, 자체 제작한 햄스터 캐릭터 인형을 판매하기도 한다. 코로나19 팬데믹 기간동안 슈퍼마켓의 운영 시간은 제한됐고, 한 번에 들어갈 수 있는 인원수도 제한했으며, 슈퍼마켓에 들어가는 사람마다 카트를 꼭 하나씩 갖고 들어가야 되는 등 수많은 제약이 가해졌다. 이렇게 슈퍼마켓에 장을 보러 가는 게 점점 더 힘들어지더니, 물류 공급에도 문제가 생겨 물건들의 공급이 원활하게 이뤄지지 않게도 됐었다. 거기다가 터진 게 햄스터런이었다. 사재기였다.

햄스터가 입에 음식을 잔뜩 쟁여놓는 걸 빗대어 사재기를 하는 사람들과 그런 행동들을 '햄스터런'이라고 부르기 시작했고, 미디어에서도 연일 그에 대한 문제 제기를 하던 시기였다. 모두들 처음 겪는 이런 상황에 굉장히 놀라고 당황스러워하고 있었다. 늘 가득 쌓여 있던 휴지 코너가 텅텅 비게 되었고, 파스타나 쌀, 제빵 코너의 밀가루나 이스트가 동이 나기 시작했던 시기였다.

나도 어쩔 수 없이 이 대열에 합류했다. 평소 구매량보다 몇 배나 되는 파스타나 쌀, 휴지를 한꺼번에 샀다. 슈퍼마켓에 자주 갈 수 없으니 한 번 갔을 때 필수품을 한꺼번에 많이 살 수밖에 없었고, 내가 그 물건들을 필요로 할 때 물건이 없어 구매할 수 없을 수도 있다는 공포감 같은 것도 느꼈던 것 같다. 그때는 왠지 모르게 굶주림에 대한 걱정까지 들던 시기였다. 이렇게 물류 공급이 부족해지고,

팬데믹이 길어지면, 나의 굶주림은 제쳐두고라도 아이들의 굶주림은 어떻게 해야 하는지 같은… 지금 생각해보면 정말 어이없고 쓸데없는 고민을 꽤 심각하게 하던 시기였다. 그렇게나 그 시기에는 모든 게 정상이 아니었고, 혼란스러웠고, 두려웠다. 물 위에 둥둥 떠 있는 조그만 얼음판 위에서, 새끼 북극곰을 데리고 황망히 서 있는 어미 북극곰이 된 듯한 기분이 들던 때였다.

팬데믹 초기에는 밖에 나가는 것도 국가에서 제한을 했고, 이유 없이 밖에 나가 돌아다니다 벌금을 물게 되는 경우도 있었다. 굳이 부득이한 이유가 있다면, 그 사유서를 인쇄해 관계 부처의 확인을 받아야 되던 시기도 잠시나마 있었다. 이런 시기였으니, 사람들이 굶주림에 대한 공포를 느낄 수도 있는 때였고, 그 행렬에 나도 자연스럽게 휩쓸렸다.

지금도 부엌에 있는 수납공간에는 그 당시에 사두었던 캔에 든 채소들이 남아 있다. 농담 삼아 햄스터런 했다고 나를 놀려대는 아이들을 보며 나는 민망한 웃음을 짓고는 한다. 캔에 든 채소는 원래 우리 가족이 좋아하는 음식이 아니어서 그 채소 캔을 소비해 낼 가능성은 전혀 없어 보인다. 그래도 아무 준비 없이 위급한 상황을 겪게 되는 것보다는 나을 수도 있기에, 만약 그런 상황이 다시 생기면, 나는 또다시 햄스터런을 하게 될지도 모른다.

스스로도 강하지 못한 존재가 누군가를 지키려면 어떻게 해야 하나… 존재 자체에 위협이 가해졌을 때 나는 무슨 행동을 해야 하나… 같은 고민들을, 다시는 하게 되지 않기를 그저 바랄 뿐이다.

우크라이나 여인들

　어느 날, 집 우편함에 시에서 보낸 공문서 하나가 날아들었다. 우리 집 근처에 있는 공공건물에 당분간 우크라이나 난민을 지내게 할 예정이니 양해를 바란다는 내용의 문서였다. 총 17세대가 머물게 될 것이며, 어머니와 아이가 그 세대들의 구성원이라고 적혀 있었고, 잠정적으로 예상되는 기간은 1년이지만, 구체적인 기간은 미정이라고 적혀 있었다.

　처음 우크라이나 침공이 시작됐을 때, 모두들 놀랐고

이 전쟁이 이렇게 오래 지속될 거라는 생각은 아무도 못했다. 그래서 처음에는 잠시 잠깐 피란 오게 된 우크라이나 사람들을 도와주겠다는 온정의 손길이 이어졌고, 자신의 집에 그 사람들을 맞아서 함께 지내기 시작하는 사람들도 많았다. 연일 미디어에서 그런 훈훈한 사람들의 이야기를 소개했고, 실제로 내 주변에서도 그렇게 우크라이나 사람들을 자신의 집에서 머물게 하는 사람들을 볼 수 있었다. 하지만, 예상치 않게 전쟁은 길어졌고, 그런 훈훈했던 얘기들이 매정한 얘기로 변한 채 미디어에 오르내리게 되는 경우도 있었다.

우크라이나가 침공되었을 때, 예상치 못했던 혼란을 이 평평한 나라에 가져온 것은 바로 식용유였다. 해바라기씨로 만들어지는 식용유의 전 세계 생산량이 우크라이나 곡창 지대에서 40퍼센트 이상 나오고 있다고 했고, 그러니 전 세계 식용유 공급량이 불안정해질 수밖에 없었다. 이 나라 사람들은 감자를 좋아하고 즐겨 먹는다. 감자를 튀겨 먹는 것도 좋아해서, 일반 가정집에 감자튀김 기계가 있는 경우도 많고, 동네마다 냉동식품을 튀겨서 팔거나 감자튀김을 파는 스낵 숍을 흔히 볼 수 있다.

우크라이나 전쟁으로 인해 해바라기씨 식용유의 공급

이 줄어들며, 갑자기 식용유 값이 서너 배가 뛰더니, 사재기가 시작되었고, 슈퍼마켓에서 식용유를 찾아보기 힘든 상황까지 생겼다. 그렇게 몇 주간 슈퍼마켓 식용유 코너가 비어 있는 시간을 지낸 것 같다. 결국 식용유를 한 사람에 하나씩 살 수 있게 만들고, 식용유 가격이 원래 가격의 세 배 정도 된 후에야 이 식용유 소동은 잠잠해질 수 있었다.

요즘 같은 세상에 설마 전쟁을 내 인생과 엮어서 생각할 일이 있을까… 싶었다. 그런데, 그 전쟁이라는 단어가 내 삶과 매우 가까운 곳에 있을 수도 있다는 걸 처음 실감했다. 집 앞을 오가다 매번 마주하는 우크라이나 여인들과 그 아이들이 머물고 있는 건물을 보다 보면, 마음이 참 복잡다단해짐을 느끼고는 한다. 처음에는 창문 하나하나에 꼼꼼히 블라인드가 쳐져 있었다. 그 사이로 빛이 새어 나오는 걸 두려워하는 듯 저녁 어스름에 흘러나오는 빛들도 조심스러워 보이던 날들이었다. 그러던 창가에서 불이 서서히 밝게 흘러나오기 시작하더니 이제는 블라인드가 열려 있는 날도 보이고, 어둠이 내려앉은 시간에 흘러나오는 불빛도 매우 밝아졌다. 아이들이 만들었을 법한 종이접기나 그림 들이 창문에 붙어 있는 모습도 눈에 띄게 되었다.

원래 잠시 동안 비어 있는 건물이었던지라 황량했던 정원이 차츰 정리되더니, 야외용 탁자와 의자가 들어오고, 아이들의 자전거가 세워져 있는 풍경으로 변해 갔다.

어머니와 아이들만 와서 지내는 곳이니, 그들은 그렇게 이곳에서 자신들이 남겨 두고 온 가족들을 그리워하고 있을 거라는 생각이 들었다. 내가 만약 그 여인들 중의 한 명이라면, 그래서 남편과 남자 성별의 가족들을 전쟁 중인 나라에 남겨 두고 아이들을 위해 떠나와야 했다면, 그렇게 떠나와서 지내는 곳에서 무슨 마음으로 하루하루를 지내게 될지, 아무리 생각해보아도 그 깊이가 아득해 감히 그 마음을 헤아려볼 수조차 없다.

예전에 회사에서 열린 워크숍에서 우크라이나에서 온 한 남자와 얘기를 나눈 적이 있다. 그는 다른 나라에서 온 사람들과 달리 뭔가 근심을 갖고 있는 사람처럼 보였고, 긴장한 듯한 모습이었다. 나는 그 사람의 기분을 풀어줄 목적으로, 긴 머리를 땋아 머리에 돌돌 말은 헤어스타일로 주목을 받았던 옛 우크라이나 여자 총리의 모습을 기억해 내고 아는 체를 했다. 그 말에 조금 반가워하는 기색을 보이던 남자는 이내 마음이 풀렸는지 이런저런 얘기를 풀어냈고, 결국은 집에 남겨두고 온 아내와 가족에 대한 걱정스러운 마음, 우크라이나의 미래에 대한 불안감 등을 내비쳤다. 그 당시의 나는 우크라이나에 대한 큰 관심이나 지식이 없었기 때문에, 왜 그 남자가 다들 웃고 즐기는 분위기에서 저렇게 어두운 표정으로 가족들 걱정을 하고 있는지를 이해할 수가 없었다. 그저 가족을 굉장히 사랑하고 아끼는 사람이겠거니 생각하고 넘겼다. 하지만 그 후로 종종 듣게 되는 그 나라 소식을 통해 왜 그 남자가 그렇게 가족과 나라를 걱정하고 있었는지 차츰 이해할 수 있게 되었다.

우크라이나 전쟁은 여전히 진행 중이다. 우리 집 근처에 있는 그 건물에는 여전히 우크라이나 여인들이 아이들과 지내고 있다. 그 아이들은 학교에 가기 시작했고, 이 나라 말로 공부를 시작했다고 한다. 도서관에는 우크라이나 언어로 된 책들이 놓여 있는 코너가 생겼다. 잠시 잠깐 머물게 될 줄 알았지만, 그 끝이 언제가 될지 자신들의 손에 달려 있는 일이 아닌지라, 허무히 흐르는 시간이 야속함에도 지금 현실에서 할 수 있는 최선을 다해가는 것이리라.

예전 그 워크숍에서 만났던, 한 집의 가장이었던 그 우크라이나 남자가 안녕하기를 바란다. 저 우크라이나 여인들과 아이들이 고국으로 안전히 돌아가, 그리워하던 얼굴들과 건강히 재회하게 되기를 바란다. 그들의 행복과 안녕을 기원해 본다.

누구에게나 평범하지 않은 날은 있다

어디에나 할 일 없어 심심하고, 괜히 심술이 나서 어디에든 화풀이를 하고 싶어 하는 사람들은 있다. 운이 나빠 그런 사람들을 원하지 않는 장소에서 원하지 않는 시간에 마주칠 수도 있고, 그냥 별거 아닌 듯 지나칠 수도 있거나, 아니면 원치 않는 논쟁에 휘말리게 될 수도 있다. 가끔은 그 정도가 심해 꽤 오랜 기간을 속앓이를 하게 되거나 평생을 잊지 못할 나쁜 기억을 얻게 되기도 한다.

물론 네덜란드에도 그런 사람들은 꽤 많고, 그런 사람

들과 여기저기서 문제가 생기는 걸 자주 보게 되거나 직접 겪을 수도 있다. 자전거를 타고 지나가는 사람을 이유 없이 밀어 넘어트리는 사람들도 있고, 길가에 떨어져 있는 병을 발로 차서 자동차 도로 쪽으로 넣어버리는 사람들도 있으며, 남의 집 현관문 우편함에 장난삼아 폭죽을 넣는 사람들도 있다. 그렇게 어이없는 수난을 겪게 되면 왜 나한테 이런 일이 생기나 싶어 억울하기도 하고 슬퍼지기도 한다. 움츠러들고 주눅 들게도 되고, 아니면 오기로 더 강한 척 행동하게 될 때도 있다.

그런 일은 내게도 종종 일어나고는 하는데, 한 번은 저녁 시간에 아이의 음악 레슨이 끝난 후 버스를 타고 몇 정거장 거리에 있는 집에 돌아가는 길이었다. 보통은 자전거를 이용하는데 그날은 비가 좀 오는 날이어서 버스를 탔고, 난 버스에 타자마자 자전거를 타지 않은 걸 후회했다. 버스 기사의 눈빛이 좀 불안해 보였고, 다른 승객과 말할 때의 느낌이 뭔가 이상했기 때문이다. 운전을 시작하기 전에 약이라도 한 건 아닌지 의심이 드는 상황이었다. 역시나 버스 기사는 버스를 난폭하게 운전했고, 버스 정류장에도 제대로 서지 않았다. 내가 내려야 할 곳이 다가오자 초조함이 물밀 듯 밀려왔지만, 침착히 버튼을 누르고 정류장이 다가오길 기다리고 있었다. 역시나 버스 기사는 나와 아이가 내려야 할 정류장도 지나쳐버렸다. 그 정류장이 지나면 끝없이 펼쳐진 들판 길로 버스가 달려갈 터이기에, 우리는 반드시 그 정류장에 내려야 하는 상황이었다.

난 용기를 내어 버스 기사에게 정류장이 지났으니 멈춰 달라고 소리를 질렀다. 그 순간 버스 기사가 나를 날카롭게 째려보더니 그대로 버스를 움직여 갔다. 나는 한 번 더 소리를 지르며 등에 메고 있던 아이의 악기 가방 한쪽을 꽉 쥐어 잡았다. 혹시라도 버스 기사가 몸을 움직여 다가오면 그 가방으로 그 사람을 밀쳐낼 생각이었다. 아이도 겁을 먹었는지 내 손을 꽉 쥐어 오는 게 느껴졌다. 그렇게 내 두 번째 외침 후에야 버스는 너른 들판 옆에 급정거를 했고, 나와 아이는 젖어 있는 잡초가 무성한 들판에 발을 디디며 버스에서 내릴 수 있었다. 버스에 남아 있는 몇 안 되는 승객들은 이미 모두 잔뜩 긴장된 표정이었다. 아마 다들 자신이 내릴 정거장에서 어떻게 내려야 하나 마음속으로 걱정을 하고 있었을 것이다. 걸음을 옮길 때마다 젖은 잡초에서 바짓단으로 물이 스며드는 게 느껴졌다. 나는 겁에 질려 있는 아이를 진정시켜야겠다는 생각에 서러운 마음을 밀어내고 아이에게 말을 건네었다.

"누구에게든 평범하지 않은 날은 있어. 아마 저 버스 기사는 오늘 굉장히 힘든 날을 겪은 후일 수도 있는 거야. 예를 들어서, 오늘 갑작스럽게 버스 회사에서 해고 통보를 받았을 수도 있는 거지. 그래서 회사에 화가 잔뜩 나서 저러는 걸 수도 있는 거고. 그러니 우리가 이해해 주자. 우리는 오늘 평범한 하루를 보냈잖아."

아이는 그제야 잔뜩 굳어 있던 얼굴을 펴고 바지가 축축하게 다 젖었다고 불평불만을 하면서도 다시 평소처럼 재잘거림을 이어갈 수 있었다. 아이에게 말은 그렇게 하고 짐짓 침착한 척하고 있었지만, 나는 밀려드는 떨림과 서러움을 느끼는 중이었다. 그래도 메고 있는 바이올린 가방이 내게 위안을 주고 있었다. 어둠이 짙게 내려앉은 젖은 들판을 아이와 걸으면서도 내 등의 바이올린이 날 아직 문화인으로 남아 있게 해주는 듯했기 때문이다.

누구에게나 평범하지 않은 날은 있다. 어쩔 수 없이 그게 우리가 살아내고 있는 동그란 삶의 모습이니, 그렇게 둥글둥글 돌아오게도 되고 다시 멀어져 가기도 하는 것이다. 그러니 평범하지 않은 날은 다시 다가올 평범한 날을 위해 밀어내야 한다. 한 번 더 힘내서, 힘차게.

지은이

연하어 煙霞語

흐르듯 사는 삶을 동경해 왔으며, 그렇게 지내다 보니 유럽의 평평한 나라인 네덜란드에 어느덧 정착해 살아가게 되었다. 네덜란드는 알면 알수록 흥미롭고 매력적인 나라여서 그 평평함을 닮은 평온함을 즐기며 살아왔다. 가정을 이룬 후 두 아이의 엄마가 되었고, 새로운 낯선 환경과 문화에 적응해 가며 공부와 일을 해왔으며, 타국 생활의 희로애락 속에 성숙해지고 단단해지며 삶을 배워왔다. 해야 될 일이 아닌 하고 싶은 일을 하기 위해 글을 쓰기 시작했고, 새로운 즐거움을 글쓰기를 통해 얻어가는 중이다. 소설, 시, 에세이를 쓰고 있으며, 2023년 재외동포문학상에서 단편소설 부문 가작을 수상했다. 2024년 아마존(Amazon) KDP에서 소설 *The House Where That Man Stays* (그 남자가 머무는 집)을 출간했다.

평평한 네덜란드에는 네모가 굴러간다

평범하지만 다르게 살아가는 방식에 대해

© 연하어, 2024

지은이 ┃ 연하어
펴낸이 ┃ 김종수
펴낸곳 ┃ 한울엠플러스(주)
편집 ┃ 김우영

초판 1쇄 인쇄 ┃ 2024년 3월 29일
초판 1쇄 발행 ┃ 2024년 4월 26일

주소 ┃ 10881 경기도 파주시 광인사길 153 한울시소빌딩 3층
전화 ┃ 031-955-0655
팩스 ┃ 031-955-0656
홈페이지 ┃ www.hanulmplus.kr
등록 ┃ 제406-2015-000143호

Printed in Korea.
ISBN 978-89-460-8308-0 03810

* 책값은 겉표지에 표시되어 있습니다.